Harriet Buchheit

Ein unvergesslicher Pferdesommer

Harriet Buchheit
ist selbst eine leidenschaftliche Reiterin.
Sie wurde 1963 in Landau geboren. Die erste Reitstunde hatte sie mit zehn Jahren ihren Eltern abgebettelt. Ein eigenes Pferd bekam sie nach der Veröffentlichung ihres ersten Buches mit vierzehn Jahren. Sie studierte Fremdsprachen und ist als Flugbegleiterin viel in der Welt herumgekommen.

Harriet Buchheit

Ein unvergesslicher Pferdesommer

ENSSLIN

In neuer Rechtschreibung

1. Auflage 2005

Dieses Buch erschien erstmals 1988 unter dem Titel
„Pferdesommer in Schweden"
bei Ensslin & Laiblin Verlag GmbH & Co KG, Reutlingen
Coverfotos: Ulla Rafail
Gesamtherstellung: westermann druck GmbH, Braunschweig
ISBN 3-401-45220-7

www.arena-verlag.de

Ferienpläne

»Ich finde, es wird Zeit, dass Kaj wieder einmal Gelegenheit bekommt, ihr Schwedisch aufzufrischen«, erklärte Patricia und sah meine Eltern und mich selbstbewusst an. Patricia, meine ältere Schwester, war zweiundzwanzig und studierte seit drei Jahren in Stockholm.
Jetzt hatte sie Ferien und war nach Hause gekommen, um einige Wochen mit uns zu verbringen. Ich beobachtete sie aus den Augenwinkeln heraus und wartete ab, was sie noch zu sagen hatte.
»Es ist so wichtig, mehrere Sprachen zu sprechen«, fuhr sie fort. »In ein paar Jahren wird Kaj sich an keine Silbe Schwedisch mehr erinnern können. Wie ich euch kenne, sprecht ihr nur Deutsch miteinander.«
»Darf ich dich daran erinnern, dass wir immerhin Deutsche sind und in Deutschland leben?« Papas Stimme klang leicht ironisch.
Aber Patricia ließ sich nicht beirren.
»Ich habe bereits alles arrangiert. Kaj kann ihre Sommerferien in Schweden verbringen. Die Eltern einer Freundin würden sie gern aufnehmen.«
Mama wollte protestieren, schien aber nicht die richtigen Worte zu finden. Papa wirkte ebenfalls überrumpelt. Eine feine Röte bedeckte sein Gesicht. Gerade als er den Mund öffne-

te, um eine treffende Erwiderung anzubringen, mischte ich mich ein.
»Ich will nicht zu wildfremden Leuten«, erklärte ich finster. »Ich will hier bleiben.«
»Unsinn«, schnitt Patricia mir kurz das Wort ab. »Anitas Eltern sind sehr nett, sie freuen sich auf dich. Es wird dir bei ihnen gefallen.«
Jetzt kämpfte ich tatsächlich mit den Tränen. »Nein«, behauptete ich, »wird es nicht. Ich möchte hier bleiben und jeden Tag in den Stall gehen und reiten ...«
Patricia lächelte geheimnisvoll. »Das wirst du in Schweden auch können.«
»Wirklich?«, fragte ich, neugierig geworden.
Aber nun ergriff Papa wieder das Wort.
»Kommt nicht in Frage«, sagte er bestimmt. »Wir kennen diese Leute überhaupt nicht.«
»Sie sind sehr nett«, versicherte Patricia erneut. »Sie hatten schon oft Feriengäste. Sie freuen sich auf Kaj.«
Papa runzelte die Brauen. Er mochte es nicht, wenn Patricia meinen Namen verunstaltete, wie er fand. Er nannte mich immer nur Katharina, ebenso wie Mama und die ganze Verwandtschaft. Als wir noch in Schweden wohnten, bis vor vier Jahren, hatten mich alle nur Kaj genannt.
Außer meinen Eltern.
»Ich muss ehrlich sagen, mir passt der Gedanke auch nicht«, gab Mama nun zu bedenken. »Allein nach Schweden, zu fremden Menschen ... Eigentlich wollten ja wir Katharina mit in die Schweiz nehmen.«
»Ach, die Schweiz!« Patricia machte eine wegwerfende Handbewegung. »Die läuft Kaj nicht weg!«
Ihre Stimme nahm einen härteren Klang an. »Hört mal, nachdem ich mich so intensiv für Kaj ins Zeug gelegt habe und mit Nyströms schon alles geregelt ist, könnt ihr mich nicht einfach hängen lassen. Setzt euch mit ihnen in Verbindung und klärt die Einzelheiten.«

Mama und Papa blickten sich ratlos an.
»Immerhin wäre es schon traurig, wenn Katharina ihr Schwedisch ganz und gar verlernen würde«, gab Papa schließlich kleinlaut zu.
»Aber vielleicht könnten wir nächstes Jahr alle zusammen . . .«, begann Mama zaghaft und brach dann ab.
»Alle zusammen!« Patricias grüne Augen funkelten beinahe verächtlich. »Kaj ist fünfzehn und kein Baby mehr. Sie ist alt genug, um allein in Urlaub zu fahren.«
»Sie würde ja in einer Familie leben«, murmelte Papa und machte ein Gesicht, als freunde er sich allmählich mit dem Gedanken an.
»Sag doch auch mal was!«, wandte Patricia sich in reichlich aggressivem Tonfall an mich.
Ich zuckte mit den Schultern und machte ein bockiges Gesicht. Ich überlegte mir, ob ich tatsächlich auch in Schweden Gelegenheit haben würde zu reiten . . .
»Nyströms haben eigene Pferde«, erläuterte Patricia da, als habe sie meine Gedanken erraten.
Ich horchte auf. Drei Augenpaare waren auf mich gerichtet und gaben mir das Gefühl, etwas sagen zu müssen. »Ich hoffe, die Leute wohnen irgendwo im südlichen Schweden«, murmelte ich.
»Wieso das denn?«, fragte Patricia verwundert.
»Weil es dort wenigstens wärmer ist«, antwortete ich.
Wir hatten während der drei Jahre, die Papa in Schweden gearbeitet hatte, in einem kleinen Ort in Västerbotten gelebt, nahe der Küste. Der Winter dort war lang und rau. Darauf machte ich Patricia aufmerksam.
»Denk nur an das Küsteneis«, erinnerte ich sie. »Ich glaube, wir hätten von Holmsund aus bequem bis nach Finnland laufen können.«
Patricia fand meine Argumentation wohl so albern, dass sie gar nicht näher darauf einging. »Es ist Sommer«, sagte sie nur und fuhr dann fort: »Du fliegst am besten nach Stockholm.

Die Maschine startet täglich um fünf nach zehn. Nonstop, um Viertel nach zwölf bist du da. Ich nehme sogar an, dass Nyströms dich vom Flughafen abholen werden, damit du nicht verloren gehst.«
Patricias überlegene Art reizte mich.
»So schnell gehe ich nicht verloren. Noch spreche ich ja Schwedisch und kann mich durchfragen.«
»Umso besser«, meinte Patricia ungerührt und wandte sich wieder den Eltern zu. »Hier habe ich die Telefonnummer von Nyströms. Ich habe versprochen, dass ihr heute Abend anrufen werdet.«
Sie warf einen Blick auf die Uhr. »Es ist gleich acht, sie erwarten betimmt euren Anruf.«
Papa warf Mama einen fragenden, etwas hilflosen Blick zu. Er fühlte sich ebenso überrumpelt wie ich. Nur Patricia machte ein zufriedenes Gesicht, wie immer, wenn sie glaubt, sich durchgesetzt zu haben.
Ich wurde gar nicht mehr gefragt. Während Papa telefonierte, blieb mir nur, zuzuhören und abzuwarten. Als Papa auflegte, schluckte ich. Meine Kehle war trocken.
»Tja«, machte Papa gedehnt und blickte mich nachdenklich an, »dann scheint die Sache wohl tatsächlich klarzugehen.« Er setzte sich und zündete sich seine Pfeife an. Wir alle schwiegen.
»Wann – wann soll ich fliegen?«, fragte ich und fühlte mich überrumpelt.
»Am Samstag. Ich werde morgen den Flug buchen. Wir fahren dann am Sonntag los«, erklärte mir Papa.
»Was wirst du denn machen, wenn du ganz allein zu Hause bist?«, fragte ich Patricia.
»Ich werde schon zurechtkommen«, antwortete Patricia überlegen. »Außerdem kommen Mama und Papa ja bald wieder zurück.«
»Und wann fliegst du wieder nach Stockholm?«
»Erst in einem Monat. Trotzdem«, überlegte Patricia laut,

»kann es sein, dass ich dich noch besuchen komme. Du sollst ja fünf Wochen bei Nyströms bleiben.«
Fünf Wochen! Der Gedanke an die bevorstehenden Ferien faszinierte mich, obwohl er mich auch erschreckte. Ich war nicht wild darauf, meine Sommerferien bei fremden Menschen zu verbringen. Lieber wäre ich zu Hause geblieben, hätte in unserem Reitstall in der Stadt geholfen, wäre mit meinen Freundinnen geritten und auf Turniere gefahren. Immerhin, Patricia hatte erzählt, dass die Nyströms eigene Pferde besitzen. Ich war neugierig, die Vierbeiner kennen zu lernen.

Reise nach Schweden

Die letzte Reitstunde zu Hause. Ich genoss es, noch einmal auf Sultan um die Bahn zu galoppieren. Der große Rappe Sultan war mein Lieblingspferd. Seine Bewegungen waren weich und angenehm, seine Galoppsprünge kraftvoll und geschmeidig. Er stand gut an den Hilfen, und als ich verstohlen seinen Hals klopfte, legte er ein wenig an Tempo zu. Seine schwarze Mähne flatterte im Wind.
Vor mir ritt meine Freundin Susi auf der kleinen Schimmelstute Sunny. Sunny war, genau wie Sultan auch, ein Schulpferd. Sie war munter und eigensinnig und immer zu Streichen aufgelegt. Gerade schaltete sie einige Bocksprünge ein und Susi hatte große Schwierigkeiten, im Sattel zu bleiben.
Wir mussten durchparieren, erst zum Trab, dann zum Schritt. Susi drehte sich lachend zu mir um. Ihre kurz geschnittenen roten Locken wippten über der Stirn.
»Hast du das gesehen?«, fragte sie. »Sunny hat wieder ihren frechen Tag.«
Ich nickte grinsend und dachte dabei nur daran, dass ich Susi und Sultan und all die anderen fünf lange Wochen nicht mehr sehen würde.

Heute war Donnerstag. Morgen musste ich unbedingt packen, übermorgen um diese Zeit war ich bereits in Schweden, bei Nyströms...
Nach der Reitstunde versorgte ich Sultan besonders aufmerksam und liebevoll. Susi erzählte von einer Party, aber ich hörte kaum zu. Zwei weitere Reiterkameradinnen berichteten von ihren Ferienplänen.
»Was wirst du machen, Katharina?«, fragten sie. Ich nahm Sultan den Sattel ab.
»Ich fliege für fünf Wochen nach Schweden«, berichtete ich gelangweilt.
»Toll, wohin denn?«
»Ach, in irgendein kleines Nest«, erwiderte ich seufzend. »Ich kenne dort keine Menschenseele. Ich wohne bei der Familie einer Freundin meiner Schwester.« Wie kompliziert das alles klingt, ging es mir durch den Sinn, noch während ich mich diese Worte sagen hörte.
»Ich fahre gar nicht weg«, mischte Susi sich ein, »ich bleibe zu Hause, bei meinen Pferden.«
Sie legte Sunny liebevoll einen Arm um den Hals.
»Die Nyströms haben auch mehrere Pferde«, sagte ich ohne große Begeisterung.
Ich pickte einen frischen Strohhalm aus Sultans Krippe und schob ihn mir nachdenklich zwischen die Lippen.
Während ich darauf kaute, lehnte ich mich gegen Sultans Schulter. Das Pferd war dabei, seine Abendmahlzeit zu verzehren. Überall um uns herum hörte man rhythmisches Malmen der Pferdezähne.
Ich liebte dieses Geräusch, die ruhigen Abende im Pferdestall nach unserer gemeinsamen Reitstunde.
»Wer kommt noch mit ins Reiterstübchen?« Irgendjemand machte diesen Vorschlag und wir stimmten alle zu. Fünf Minuten später saßen wir an unserem Stammtisch, saugten an unseren Strohhalmen und blickten in die verlassene Reithalle, in der es bereits dämmrig war. Fünf Wochen, dachte ich,

fünf lange Wochen … Insgeheim wunderte ich mich, dass ich widerstrebend so etwas wie prickelnde Spannung und Neugier empfand.

Als ich mich später von den Pferden und von meinen Freundinnen verabschiedete, hätte ich am liebsten losgeheult.

Patricia könnte so etwas nicht passieren, überlegte ich und kämpfte gegen meine Traurigkeit an.

»Schreibst du mir eine Karte?«, bat Susi beim Abschied.

»Klar doch! Auch einen Brief – oder mehrere.«

Mir entschlüpfte ein tiefer Seufzer.

»Man müsste eben wissen, wie die Leute dort sind«, meinte Susi verständnisvoll. Dann blickte sie mich aufmunternd an. »Vielleicht wird alles ganz prima. Ich wünsche dir jedenfalls viel Spaß.«

Am nächsten Tag herrschte bei uns große Hektik. Ich fuhr mit Mama in die Stadt, um einzukaufen. Als wir am Spätnachmittag mit Tüten beladen heimkamen, musste ich noch meinen Koffer packen.

Allzu viel wollte ich nicht mitnehmen: Reitsachen natürlich, ansonsten Jeans und Sommerhosen, einige T-Shirts und Blusen. Mama bestand darauf, dass ich auch Kleider und Röcke mitnahm, mindestens zwei. Schließlich war der Koffer so voll, dass ich ihn kaum schließen konnte.

Papa musste helfen. »Ich möchte nur wissen, weshalb du immer so viele Dinge mitnehmen musst«, brummte er. Ich verschwieg, dass sich meine sperrigen und nicht gerade leichten Reitstiefel im Koffer befanden, auf die ich keinesfalls verzichten konnte.

Wie wird es nur werden? war mein letzter Gedanke vor dem Einschlafen. Und was soll ich tun, wenn die Leute unmöglich sind und es unerträglich ist?

Meine Träume mussten wirr gewesen sein, aber ich konnte mich nicht mehr an Einzelheiten erinnern. Ich war jedenfalls ziemlich unausgeschlafen, als ich am nächsten Morgen durch

das Schrillen meines Weckers aufgeschreckt wurde. Am liebsten hätte ich den Kopf im Kissen vergraben und ein wenig vor mich hingeweint. Dann sagte ich mir, dass es albern ist, sich so gehen zu lassen, und gleich darauf schaute Mama herein, um sicher zu gehen, dass ich auch tatsächlich wach war. Sie lächelte, während sie die Vorhänge aufzog. Das Licht der Morgensonne strömte hell und freundlich in mein Zimmer.
Langsam stand ich auf und versuchte, mich auf die Ferien in Schweden zu freuen.
Aber es gelang mir nicht recht. Vielleicht würde es schön werden. Vielleicht aber auch nicht.
Ich frühstückte mit den Eltern, während Patricia, die mir das alles eingebrockt hatte, unbehelligt schlief.
Kurz bevor wir das Haus verließen, kam sie dann doch aus ihrem Zimmer. »Es wird dir gefallen«, prophezeite sie und ich bemühte mich, begeistert auszusehen.
Papa und Mama brachten mich mit dem Auto nach Frankfurt. Um halb neun hatten wir das Flughafengelände erreicht, um neun an dem entsprechenden Schalter mein Gepäck aufgegeben. In einer Stunde und fünf Minuten sollte die Maschine starten.
Wir standen zusammen und schwiegen. Ich war nervös. Mama machte ein bekümmertes, Papa ein betont fröhliches Gesicht. Mir war flau im Magen, meine Knie waren seltsam weich und ich fühlte, wie mein Herz heftig gegen die Rippen pochte. Dann verabschiedete ich mich hastig.
»Ruf gleich heute Abend an!«, ermahnte mich Mama.
»Und schreib uns mal!«, rief Papa mir nach.
Sie winkten und ich winkte zurück. Während ich mit den anderen Passagieren in der Wartehalle saß, blickte ich mich um. Niemand schien von mir Notiz zu nehmen. Ich kramte in meiner Reisetasche nach einem Pferdebuch, aber gerade, als ich das Buch aufgeschlagen hatte, geriet die Menge um mich herum in Bewegung. Ich stand auf und folgte den anderen. Nacheinander verschwanden wir in der Maschine.

Ich hatte einen Fensterplatz erwischt, leider genau über der Tragfläche, sodass ich mit Sicherheit nicht besonders viel sehen würde. Schade!
Ein wenig hilflos fummelte ich an meinem Gurt herum, schaffte es dann aber doch, mich anzuschnallen. Als das Flugzeug sich schwerfällig in Bewegung setzte und auf seine Startbahn rollte, schienen in meinem Magen tausend Schmetterlinge zu flattern. Reisefieber – eine seltsame Mischung aus gespannter Erwartung und Neugier, gemischt mit etwas Angst vor dem Unbekannten. Ich gab mir einen Ruck. Wie es auch sein wird, dachte ich, ich muss versuchen, das Beste daraus zu machen. Ich bemühte mich, mir in den leuchtendsten Farben alles auszumalen: meine Gastfamilie, die Pferde, das Haus am Ende einer kleinen Ortschaft, Wiesen, Felder und Wälder, die schwedische Sommersonne, Ausritte, vielleicht auch Turniere, lauter nette Menschen. Bestimmt würden wir viel Spaß miteinander haben. Pferdeliebhaber müssten doch eigentlich überall gleich sein, weshalb also sollten wir uns nicht verstehen?
Patricias Freundin Anita würde nicht zu Hause sein. Aber sie hatte noch drei Geschwister, eine Schwester in meinem Alter und zwei Brüder. So viel hatte Patricia mir erzählt.
Ich war natürlich vor allem auf Anitas Schwester gespannt. Wenn sie ebenso pferdeverrückt war wie ich, würde es keine Probleme geben.
Andererseits war ich eine Fremde, und diese Nyströms hatten schließlich ihren festen Bekanntenkreis, ihre Freunde und Verwandten …
Ich trank eine Tasse Tee, dann wurde eine kleine Mahlzeit serviert. Ich aß automatisch, ganz in Gedanken.
Mittlerweile war ich ziemlich aufgeregt und gespannt. Genau um Viertel nach zwölf landete die Maschine. Meine Beine bewegten sich nur zögernd, beinahe widerwillig. Minuten später stand ich am Gepäckband.
Stimmen schwirrten um mich herum.

Dann holte ich meinen Koffer vom Band und wandte mich zum Ausgang.
Hoffentlich ist jemand da, der mich abholt, dachte ich beklommen, stellte meinen Koffer auf dem Gehsteig ab und blickte mich um. Die Sonne stand hoch am Himmel und schien strahlend. Ein leichter Wind milderte die Mittagshitze. Es war ein Sommertag, wie er schöner nicht sein konnte. Ich blinzelte in die Sonne und begann mich wohl zu fühlen.
Dann wartete ich. Patricia hatte Nyströms ein Foto von mir geschickt, damit sie mich erkennen konnten. Fragte sich nur, was das für ein Foto gewesen war. Ich runzelte sorgenvoll die Stirn. Vielleicht ein altes Bild? Ich hatte mich im letzten Jahr verändert. Meine früher kurz geschnittenen hellblonden Haare waren gewachsen und fielen mir als dicker Zopf über den Rücken. Mein schmales, fast mageres Gesicht war rundlich geworden. Sommersprossen besprenkelten meine Nase. Ich war mittelgroß und schlank, aber keinesfalls so spindeldürr wie damals, als wir noch in Schweden wohnten.
Als nach zehn Minuten noch immer kein Mensch erschienen war, um mich abzuholen, begann ich mich unbehaglich zu fühlen. Sicher hatten Nyströms mich nicht erkannt. Ich sah mich bereits einsam und verlassen in der Dunkelheit stehen, wartend, hungrig und müde, verzweifelt und erschöpft.
Gerade, als meine ängstlichen Gedanken ihren Höhepunkt erreicht hatten, bog ein dunkelblauer, nicht mehr ganz neuer Wagen von der Straße ab, verminderte sein Tempo und hielt trotz der lauten Proteste einiger Umstehender genau vor dem Ausgang.
Ich versuchte, die Personen im Wageninnern zu mustern. Doch da öffneten sich schon drei Türen gleichzeitig, zwei Jungen und ein Mädchen stiegen aus und kamen mit neugierigen, erwartungsvollen Mienen auf mich zu.
»Hej«, grüßte das Mädchen, »du musst Kaj sein.«
Ich nickte zurückhaltend und das Mädchen lächelte mich freundlich an.

»Ich bin Anna-Lisa«, erklärte sie und deutete auf die Jungen. »Das sind Lasse und Nils, meine Brüder.«
»Hej«, sagte jetzt ich und die beiden grüßten zurück. Ich beobachtete sie verstohlen und ein wenig befangen. Nils war ein kleiner, magerer Flachskopf mit großen braunen Augen, etwa zehn Jahre alt. Anna-Lisa war in meinem Alter, aber größer und dünner als ich. Sie hatte braune Zöpfe und, ebenso wie ihre Brüder, braune Augen. Lasse, der sofort daranging, meinen Koffer zu verstauen, musste etwa neunzehn sein. Auch er hatte dichtes braunes Haar, kurz geschnitten, mit einem störrischen Haarwirbel über der Stirn. Als mein Gepäck im Kofferraum verschwunden war, deutete Anna-Lisa einladend auf den Beifahrersitz und verschwand selbst auf dem Rücksitz neben Nils. Lasse setzte sich ans Steuer und ließ den Motor an. Er wendete und wir verließen das Flughafengelände.
Ich kam mir ungelenk vor, hatte das Gefühl, irgendetwas sagen, ein belangloses Gespräch beginnen zu müssen, aber mir fiel kein vernünftiges Wort ein. Sie müssen einen schönen Eindruck von mir bekommen, dachte ich verzweifelt.
Dabei fand ich, dass Anna-Lisa und ihre Brüder ausgesprochen nett wirkten.
»Du hast früher mal in Schweden gelebt, nicht wahr?«, begann Anna-Lisa schließlich das Gespräch. Sie sprach langsam, wohl aus Rücksicht auf mich.
Aber ich verstand sie ausgezeichnet.
»Ja, vier Jahre. In Västerbotten«, gab ich kurz zurück. Es kam mir seltsam vor, nach so langer Zeit wieder einmal Schwedisch zu sprechen.
»Warst du schon mal in Stockholm?«, fragte Nils.
»Ja, aber ich kann mich nicht mehr gut daran erinnern.«
»Papa meinte, wir sollten unbedingt einmal mit dir hinfahren. Aber nicht heute. Du bist bestimmt ziemlich müde«, vermutete Anna-Lisa.
»Ach, es geht«, antwortete ich verlegen.
Wieder schwiegen wir. Ich ärgerte mich. Wieso schaffte ich

es nicht, das Gespräch in Gang zu halten? Warum war ich so unbeholfen?
Mit starrer Miene blickte ich aus dem Fenster auf die Landschaft, die an uns vorbeizog. Aber ich konnte die Bilder nicht richtig aufnehmen.
In der spiegelnden Autoscheibe beobachtete ich Lasses Profil. Er wirkte ruhig und konzentriert.
Kaum zu glauben, dachte ich, wie viele Leute in Schweden Lasse heißen. Ich erinnerte mich, dass es allein in meiner Klasse, damals in Västerbotten, drei Jungen mit dem Namen Lasse gegeben hatte. Eine Anna-Lisa hatte ich allerdings bisher nicht kennen gelernt.
Anna-Lisa und Nils redeten und lachten hinter mir miteinander und ich kam mir hoffnungslos ausgeschlossen vor. Ich werde mich hier nie eingewöhnen, fürchtete ich. Ich bin ja doch nur das fünfte Rad am Wagen. Am liebsten hätte ich losgeheult und wusste zugleich, wie kindisch ich mich benahm.
»Du reitest auch, nicht wahr?«, fragte Lasse plötzlich.
Ich schaute überrascht zu ihm hin. »Ja«, antwortete ich, »seit wir wieder in Deutschland leben, reite ich.«
Lasse lächelte. »Fein. Dann wird es dir bei uns gefallen. Wir reiten alle und haben eigene Pferde.«
»Nur Papa ist zu faul zum Reiten«, fiel Anna-Lisa lachend ein. »Er schaut uns lieber zu oder gibt uns Unterricht. Aber ein Pferd hat er auch, einen großen Schimmel, alt und steif und fett, weil er nie geritten wird.«
Du liebe Güte, dachte ich erschrocken, hoffentlich soll ich den nicht reiten!
Laut fragte ich: »Wie heißt denn der Schimmel?«
»Einfach Schimmel«, erläuterte Anna-Lisa.
Einfach Schimmel?
Diese Antwort machte mich misstrauisch. Die Tatsache, dass ein Pferd keinen Namen hatte, zeugte nicht gerade von großer Pferdeliebe.
»Hat jeder von euch ein eigenes Pferd?«, fragte ich.

»Ja. Außer Anita. Anita hatte früher ein Pony, aber als sie zu alt wurde, um es auf Turnieren zu reiten, hat sie es verkauft. Dann fing sie an, in Stockholm zu studieren. Seitdem reitet sie nicht mehr.«
»Und wie heißen eure Pferde?«, fragte ich eifrig, weil nun doch eine Art Gespräch in Gang kam.
Ich erwartete schon, dass Anna-Lisa mir erklären würde, die Pferde hätten keine Namen, aber sie antwortete nur: »Du wirst sie bald alle sehen. In einer dreiviertel Stunde sind wir zu Hause.«
Ich nickte langsam und wandte mich wieder der Landschaft zu. Lasse kurbelte seine Fensterscheibe hinunter, und ein frischer Wind wehte durch den Wagen, wodurch ich gleich viel munterer wurde.
Ich versuchte, optimistisch zu sein und mich auf die Wochen, die vor mir lagen, vorbehaltlos zu freuen.

Lauter Pferde

Wir fuhren noch eine Weile durch wechselnde Landschaften, dann bog Lasse auf eine schmale, leicht ansteigende Straße ab, die auf der einen Seite von Wald, auf der anderen von hügeligen Weiden gesäumt wurde. Die hohen Bäume warfen lange Schatten auf die stille Straße. Ein einsamer Lastwagen kam uns entgegen. Dann machte die Straße einen scharfen Knick, führte ein wenig abwärts und nach einer leichten Biegung wieder geradeaus. Vorher aber bog Lasse nach links ab, auf einen holprigen Weg, der zwischen einigen Büschen und Bäumen hindurch zu einem weiß gestrichenen Tor führte. Ich blickte neugierig nach vorn. Beide Torflügel standen weit offen. Lasse schaltete in einen niedrigen Gang und wir fuhren langsam über die kiesbestreute Auffahrt auf ein weiß getünchtes Haus mit lustigen roten Fensterläden und einem Balkon mit rotem Holzgeländer zu.

Lasse bremste vor der Veranda.
Anna-Lisa sagte: »Hier wohnen wir.«
»Schön«, sagte ich ehrlich. »Aber ich dachte, ihr wohnt am Ende des Dorfes?«
»Nun ja, wenn du von der anderen Richtung kommst, aus der Stadt, ist es natürlich das Ende.« Lasse lachte laut auf, und ich fühlte, wie ich ein wenig rot wurde.
»Wie weit ist es denn bis zur Stadt?«, fragte ich hastig, um meine Verlegenheit zu überspielen.
Diesmal war es Anna-Lisa, die antwortete, denn Lasse lud bereits meinen Koffer aus und brachte ihn auf die Veranda.
»Etwa vier Kilometer.«
»Und gibt es dort auch einen Reitstall?«
»O ja, einen sehr guten sogar. Wir gehen ab und zu hin, um Reitstunden zu nehmen.«
»Unser Reitlehrer ist ein bekannter Turnierreiter«, erklärte Nils gewichtig. »Er reitet Springen und Dressur und ist auf der ganzen Welt berühmt.«
Anna-Lisa versetzte ihrem kleinen Bruder eine Kopfnuss. »Angeber«, spaßte sie. »Nein, im Ernst, Onkel Carlsson ist in Schweden schon recht bekannt, aber im Ausland ist er bisher noch nicht gestartet. Oh«, sagte sie dann, »da kommt Mama, um dich zu begrüßen.«
Ich wandte mich um und sah, wie Anna-Lisas Mutter durch die offen stehende Glastür auf die Veranda trat. Sie war groß und schlank und hatte hellblondes, schulterlanges Haar. Ich überlegte mir, wie alt sie wohl sein mochte. Da sie schon eine zweiundzwanzigjährige Tochter hatte, bestimmt über vierzig. Aber sie wirkte, braun gebrannt und lächelnd, so jugendlich-frisch wie eine Dreißigjährige.
»Willkommen in Schweden!«, rief sie mir fröhlich entgegen. »Du bist also Kaj.«
Ich gab mir einen Ruck, ärgerte mich über meine Befangenheit und ging die wenigen Stufen zur Veranda hinauf. Frau Nyström reichte mir ihre Hand mit kräftigem Druck und mus-

terte mich mit hellen blauen Augen. Anna-Lisas Mutter gefiel mir auf Anhieb.
»Du musst Tante Gunhild zu mir sagen«, bestimmte sie.
»Och, ich – ja . . .«, stammelte ich und brach ab.
Anscheinend glaubte Tante Gunhild, dass ich kein Schwedisch mehr konnte, denn sie lachte und meinte: »Dein Schwedisch werden wir hier ganz schnell aufpolieren.«
»Ich verstehe sehr gut«, beeilte ich mich zu sagen.
»Umso besser.« Tante Gunhild blickte sich um und runzelte die Brauen. »Ich weiß gar nicht, wo Ivar bleibt. Er könnte wirklich herunterkommen, um dich zu begrüßen. Lasse, bring Kajs Sachen in ihr Zimmer, und sag deinem Vater, dass sie da ist.«
Lasse nickte und schleppte meinen Koffer ins Innere des Hauses. »Was hast du da drin?«, hörte ich ihn halb scherzend, halb stöhnend fragen. »Backsteine?«
Bevor ich antworten konnte, entdeckte ich einen pechschwarzen Kater, der mit aufgestelltem Schwanz aus funkelnd grünen Augen zu mir aufblickte. Schnell bückte ich mich, um ihn zu kraulen. Er rieb sich behaglich schnurrend an meinen Beinen.
»Das ist Nisse«, stellte Nils vor. Er hob den Kater auf und drückte ihn ungestüm an sich.
»Er gehört mir.« Das Gesicht von Nils spiegelte Besitzerstolz wider. Nisse allerdings fauchte ungnädig, fuhr seine Krallen aus und versetzte Nils blitzschnell einen Hieb über die Wange. Nils schrie empört auf und ließ den Kater augenblicklich fallen.
Dann tastete er mit einer Hand nach seinem Gesicht. Nisses Krallen hatten drei lange Kratzer hinterlassen. Nils' Augen füllten sich sofort mit Tränen und aus Ärger darüber lief er knallrot an.
»Geh ins Haus und kleb dir ein Pflaster drüber«, ordnete Tante Gunhild mit bemerkenswerter Ruhe an.
Nils schob ab und der schwarze Nisse verschwand wiegenden

Ganges, zufrieden mit seiner Tat, zwischen einigen dichten Sträuchern.
»Möchtest du jetzt unsere Pferde sehen?«, erkundigte sich Anna-Lisa.
»Wo sind sie denn?« Ich blickte mich um. Alles, was ich bisher gesehen hatte, waren die Vorderfront des Hauses, die Kies bestreute Einfahrt und rechts und links daneben einige Blumenbeete. Den Stall und die Koppeln vermutete ich hinter dem Haus.
»Kaj kann sich die Pferde später anschauen«, bestimmte Tante Gunhild. »Du hast doch sicherlich Hunger, Kaj. Wir können gleich essen. – Ach, da kommt endlich Ivar!«
Als ich den Kopf wandte und über die Schulter zum Eingang blickte, sah ich einen großen, breitschultrigen Mann. Während ich mir blitzschnell überlegte, ob ich wohl aufgefordert werden würde, ihn Onkel Ivar zu nennen, musterte ich ihn verstohlen. Er war nicht mehr ganz schlank, auch nicht mehr besonders jung, sein dickes braunes Haar begann sich über der Stirn zu lichten und an den Schläfen grau zu werden. Er hatte ein energisches Kinn und eine kräftige Nase, aber seine braunen Augen funkelten freundlich und humorvoll. Die Hand, die er mir reichte, drückte die meine so fest, dass ich einen leisen Aufschrei nur mit Mühe unterdrücken konnte. Redselig schien Herr Nyström nicht zu sein. Er sagte kurz: »Willkommen«, und murmelte dann etwas von »Essen« und »Hunger«.
»Wir können gleich essen«, sagte seine Frau.
»Aber dann gehen wir zu den Pferden«, bestimmte Anna-Lisa energisch.
Herr Nyström musterte mich aufmerksam. »Du reitest auch, Kaj?«, fragte er. Ich bestätigte das, und er nickte. »Sehr schön, sehr schön«, meinte er und fügte, bevor er endgültig im Innern des Hauses verschwand, hinzu: »Du musst mich Onkel Ivar nennen.«
Ich unterdrückte nur mit Mühe ein Lachen.

Dann trat Tante Gunhild auf mich zu und legte lachend einen Arm um meine Schultern. »Komm rein, Kaj. Wir reden und reden und stehen hier draußen herum, dabei bist du bestimmt müde und hungrig. Möchtest du dich vor dem Essen noch frisch machen? Ja? Dann zeig Kaj doch schnell ihr Zimmer und das Bad, Anna-Lisa.«
Anna-Lisa nickte fröhlich und machte mir ein Zeichen, ihr zu folgen. Durch den Veranda-Eingang kam man direkt in ein großes Wohnzimmer mit offenem Kamin. An den Wänden hingen einige Ölgemälde in schweren, alten Rahmen. Wir durchquerten das Wohnzimmer und gelangten in eine Art Flur. Eine gewundene Holztreppe mit geschnitztem Geländer führte in den ersten Stock.
»Das Gästezimmer liegt am Ende des Ganges«, erläuterte Anna-Lisa. »Dort wirst du wohnen. Und hier sind die Badezimmer.« Sie öffnete zwei himmelblau gestrichene Türen. »Du findest doch dann wieder hinunter? Die Esszimmertür steht offen.«
Sie lächelte mir noch einmal zu und lief mit schnellen, leichten Schritten die Treppe hinunter.
Ich atmete tief durch und öffnete gespannt die Tür des Gastzimmers.
Es war nicht groß, aber sehr gemütlich eingerichtet. Unter der schrägen Wand stand ein gewaltiges Bauernbett mit geblümten Bezügen. Darüber befand sich, schräg in die Wand eingelassen, ein Kippfenster. Ich konnte also, wenn ich wollte, nachts direkt in den Sternenhimmel schauen. An der einen Längswand stand ein riesiger Holzschrank, an der anderen ein kleiner Schreibtisch. Neben der Tür, auf einem runden, zottigen Berberteppich, standen zwei bequem aussehende, schon leicht abgewetzte Ledersessel. Der Teppich war dunkelblau, die Tapeten zartblau mit winzigen rosa Streublumen. Auf dem Nachttisch stand ein Strauß frischer Sommerblumen, und über dem Schreibtisch hingen ein großer Pferdekalender und eine Kohlezeichnung, die den edlen Kopf eines

Arabers darstellte. »Prima«, murmelte ich vor mich hin und hatte das Gefühl, als würde ich mich zumindest in diesem Zimmer wohl fühlen.
Ich entdeckte meinen Koffer neben dem Bett, öffnete hastig das Schloss und suchte nach frischen Jeans und einer karierten Bluse. Mit diesen Sachen ging ich ins Bad, sprang schnell unter die Dusche, zog mich eilig wieder an, kämmte mich, flocht mir den Zopf neu und lief dann die Treppe hinunter. Mein Magen knurrte, und ich wollte auch die anderen nicht so lange warten lassen.
Es gab Blumenkohl und Fleischklößchen und als Nachtisch frischen, selbst gebackenen Apfelkuchen. Ich langte kräftig zu, was Tante Gunhild zu freuen schien.
»Fein«, meinte sie, »ich mag gute Esser.«
»Daran fehlt es hier nicht«, versicherte Lasse.
Ich überwand meine Schüchternheit und beteiligte mich an den Gesprächen. Es fiel mir zusehends leichter, mich in schwedisch zu unterhalten und verstehen konnte ich ohnehin alles, was gesprochen wurde.
Onkel Ivar fragte mich nach unserer Reitschule zu Hause und nach den Pferden dort, und ich erzählte bereitwillig. Als ich von Sultan berichtete, musste ich schlucken.
Ich vermisste ihn bereits jetzt. Wie wohl die Pferde hier waren? Ob ich überhaupt zum Reiten kommen würde? Wenn man nur wüsste …
Gerade da schob Lasse seinen Stuhl energisch zurück. »Ich glaube, Kaj möchte endlich unsere Pferde sehen«, meinte er und zwinkerte mir zu.
Ich nickte eifrig. Ja, das wollte ich!
»Gut. Anna-Lisa, du hilfst mir in der Küche. Kaj kann mit Lasse und Nils gehen.«
Ohne Murren, nur mit einem leisen Seufzer, half Anna-Lisa ihrer Mutter, den Tisch abzudecken. Ich zögerte und hätte gern mit zugegriffen, schon um keinen schlechten Eindruck zu machen, aber Tante Gunhild winkte ab.

»Geh nur, heute bist du von allen Pflichten entbunden.«
Also folgte ich Lasse und Nils. Wir gingen durch den Hintereingang und kamen direkt in einen Obstgarten, der mit Apfelbäumen und Beerensträuchern geradezu überwuchert war. Am Ende des Gartens entdeckte ich ein lang gestrecktes Gebäude mit flachem Dach.
Der Stall! durchzuckte es mich und ich spürte, wie mein Herz erwartungsvoll zu klopfen begann. Ich beschleunigte meine Schritte und Lasse, der meine Erregung spürte, blickte mich belustigt an. Als wolle er mich mit Absicht auf die Folter spannen, führte er mich zuerst durch eine großzügig angelegte Sattel- und Futterkammer und dann in den Stall.
Ich hielt den Atem an.
Die Boxen waren leer. Fragend wandte ich mich Lasse zu, aber Nils kam seinem großen Bruder zuvor.
»Die Pferde sind natürlich auf der Koppel«, erklärte er mit wichtiger Miene.
»Ja, dann ...« Ich trat ungeduldig auf der Stelle und schaute mich nur flüchtig im Stall um. Rechts und links der Stallgasse befanden sich je drei geräumige Boxen. Von der Futterkammer aus führte eine steile Leiter auf den Heuboden.
Mehr sah ich nicht. Ich brannte darauf, endlich die Pferde kennen zu lernen.
»Na, dann komm«, forderte Lasse mich lachend auf. Er wollte mich wohl nicht länger zappeln lassen.
Wir verließen den Stall. An seiner Rückseite befand sich der Eingang zur Koppel, die von einer breiten Hecke umwachsen war, sodass man vom Obstgarten aus keinen Einblick hatte. Nachdem wir die Koppel betreten hatten, sah ich zwischen einigen Birnbäumen fünf Pferde verschiedener Farbe und Größe weiden.
Lasse förderte mehrere Pferdewürfel aus den Taschen seiner Jeans zutage und ließ sie in meine Hand gleiten. Dann stieß er einen lauten Pfiff aus.
Sofort hoben die Pferde die Köpfe und äugten zu uns herüber.

Eines wieherte und setzte sich in Bewegung, die anderen folgten. Schließlich galoppierte die kleine Herde direkt auf uns zu, allen voran ein kleines, dunkelbraunes Pony mit zottiger Mähne.
»Das ist Kalle! Kalle ist der Schnellste!«, jubelte Nils und stürmte dem Pony entgegen.
Aus seiner hellen Begeisterung konnte ich schließen, dass Kalle ihm gehörte.
Die anderen Pferde bremsten und umringten uns schnaubend. Mir wurde das Herz weit, als ich sah, wie sie Lasse bedrängten und sich dann neugierig mir zuwandten. Glücklich streichelte ich weiche Pferdenasen und verteilte möglichst gerecht meine Leckerbissen.
Dann wandte ich mich Lasse zu.
»Sag schon, wie heißen sie?«, fragte ich.
Ich spürte, dass meine Augen strahlten.
»Nun, Kalle kennst du ja schon.« Lasse deutete auf den Zwerg mit dem glänzenden Fell und dem buschigen Schweif. »Er gehört Nils und ist ein Gotlandpony.«
»Welches ist dein Pferd?«, erkundigte ich mich.
Lasse schien sich über diese Frage zu freuen. Er deutete auf einen dunklen Apfelschimmel, der gerade Nils' Hosentasche beschnupperte, in der Hoffnung, ein Stück Zucker oder eine Mohrrübe zu finden.
»Das ist meiner«, erläuterte Lasse. »Er heißt Eko, ist jetzt fünf Jahre alt und noch ziemlich unerfahren. Es ist ein schwedisches Warmblut, aber halb auf Trakehner-Basis gezüchtet.« Er blinzelte mir vertraulich zu. »Auch wir Schweden schätzen eure Trakehner.«
Ich betrachtete Eko. Er war ein kräftiges, aber dennoch edles Pferd, ungefähr einsfünfundsechzig groß.
Dann entdeckte ich noch einen Schimmel, der griesgrämig etwas abseits stand. Er war, von einigen gelben Flecken abgesehen, schneeweiß, riesig groß und überaus fett.
Lasse folgte meinem Blick. »Papas Pferd«, sagte er nur. »Es

ist schon fast zwanzig. Papa reitet es nicht mehr, aber wir könnten es nie einfach hergeben.«

Ich lächelte und verstand. Nach diesen Worten waren mir Nyströms noch sympathischer als zuvor. Wenn ich ein eigenes Pferd hätte, würde ich es auch nicht hergeben, nur weil es alt und steif geworden war.

»Und welches Pferd gehört Anna-Lisa?«, erkundigte ich mich dann.

»Das, das du gerade streichelst. Bis vor drei Jahren hat Anna-Lisa Kalle geritten, dann wurde sie zu groß für ihn und Nils hat ihn bekommen. Meine Eltern haben Anna-Lisa dann zu Weihnachten Duvan geschenkt.«

»Sie ist hübsch«, urteilte ich und betrachtete die feingliedrige Stute aufmerksam. Duvan hatte einen edlen Kopf, den ein kleiner weißer Stern schmückte. Ansonsten war sie pechschwarz.

»Ihr Vater ist ein Vollblut«, erläuterte Lasse. »Das sieht man, nicht wahr? Duvan ist sehr schnell und springt auch gut. Sie ist jetzt sieben.«

»Sag mal«, überlegte ich laut und sah dabei nachdenklich vor mich hin, »welches Pferd hast du denn geritten, bevor du Eko bekamst?«

Lasse wandte sich ab. »Eine Stute, ein Halbblut, mein erstes großes Pferd. Sie hat sich das Bein gebrochen.«

Ich blickte Lasse erschrocken an. Er machte ein ernstes, verbissenes Gesicht, und es tat mir Leid, dass ich ihn an sein Pferd und dessen Schicksal erinnert hatte. Ich biss mir auf die Lippen und fragte schnell: »Und die Fuchsstute dort drüben? Gehört die eurer Mutter?«

»Ja, das ist Chérie. Sie ist schon fünfzehn. Meine Stute war ihr Fohlen. Mama reitet Chérie nicht mehr oft, obwohl das Pferd noch sehr munter und temperamentvoll ist. Du sollst sie reiten, solange du hier bist.«

»Oh, prima, danke«, antwortete ich. Ich war erleichtert. Ich sollte also nicht zum Zuschauen verdammt sein. Außerdem gefiel Chérie mir gut. Sie war eine hübsche dunkle Fuchsstute mit schmaler weißer Blesse, mittelgroß, nicht zu leicht gebaut, aber doch elegant. Man sah ihr ihre fünfzehn Jahre nicht an. Ihr Blick war wach, ihre Beine waren klar, sie wirkte gesund und absolut fit.

»Tja, das war's«, sagte Lasse dann. »Vielleicht hast du gesehen, dass im Stall noch eine Box hergerichtet ist. Dort wohnt Finfin.«

»Finfin?« Ich lachte. »Was für ein drolliger Name?«

»Zugegeben.« Lasse lehnte sich gegen das Gatter und sah den Pferden zu, wie sie langsam wieder in den Schatten zu ihrer Baumgruppe zurückliefen, hier und da ein Büschel Gras abrupfend.

Was für ein schönes, friedliches Bild! Ich atmete tief durch. Ich hätte stundenlang hier stehen und die Pferde beobachten können. Zum ersten Mal war ich zufrieden und glücklich, hierher gekommen zu sein.

»Finfin gehört übrigens einem Klassenkameraden von Anna-Lisa«, riss Lasses Stimme mich aus meinen Gedanken. »Er ist für ein paar Wochen weggefahren und hat sein Pferd mitgenommen. In zwei Wochen werden die beiden wieder zurückkommen.«

»Was ist Finfin für ein Pferd?«, wollte ich wissen. Gerade kam Anna-Lisa auf uns zugeeilt. Sie lief so schnell, dass sie fast ihre Sandalen verloren hätte.

»Was ist los?«, fragte Lasse. »Du hast es ja so eilig.«

»Nichts ist«, gab Anna-Lisa zurück. »Anna von Atorp hat gerade angerufen und wollte wissen, wo du bleibst. Sie wartet seit zwei Stunden auf dich.«

»Oje«, entfuhr es Lasse, »das hatte ich ganz vergessen. Ist sie sauer? Soll ich noch rüberkommen?«

»Sauer ist sie schon, aber du sollst erst morgen kommen«, entgegnete Anna-Lisa und begutachtete dabei einen Mückenstich an ihrem Unterarm. »Sie hat Pablo selbst an die Longe genommen.«

Ich spitzte die Ohren. Wer waren Anna und Pablo und was hatte Lasse mit ihnen zu tun? Ich wollte fragen, ließ es aber bleiben, um nicht neugierig zu erscheinen.
»Wir können morgen mit Kaj hinüberreiten, was meinst du?« Anna-Lisa sah ihren Bruder gespannt an. »Dann lernt sie Chérie kennen – und auch Anna, Karin, die Zwillinge und die drei Pferde.«
»Uff«, machte ich, »mir schwirrt schon der Kopf.«
Anna-Lisa lachte mitleidlos. »Der wird dir bald noch mehr schwirren. Hast du Kaj schon von Anna erzählt?«
Lasse schüttelte heftig den Kopf. »Sie wird sie ja morgen kennen lernen.«
»Lasse reitet nämlich Annas Jungpferd ein«, erläuterte Anna-Lisa. Sie zwinkerte Lasse aufreizend zu. »Manchmal vergisst er allerdings die nächste Reitstunde, und dann wird Anna ein bisschen wütend.«
»Ach was, so schlimm ist sie gar nicht«, wehrte Lasse ab. Er schlug nach einem Insekt, das sich auf seinem Arm niederlassen wollte und warf einen Blick auf die Uhr.
»Ich habe heute Abend Reitstunde. Onkel Carlsson hat mir versprochen, dass ich Donna Grazia reiten darf. Ich ziehe mich um und fahre los.«
»Donna Grazia«, wiederholte Anna-Lisa respektvoll, während sie Lasse nachschaute, der mit langen Schritten Richtung Haus marschierte. »Das ist Onkel Carlssons bestes Springpferd. Er hat auch ein tolles Dressurpferd, einen Hannoveraner, den er in Verden ersteigert hat. Er heißt Lehár. Na, du wirst sie bald alle kennen lernen.«
Wir schlenderten zum Haus zurück und setzten uns in die Küche, um den restlichen Apfelkuchen zu verzehren. Lasse kam in Reithosen und Stiefeln kurz herein, um einige Möhren mitzunehmen, dann hörten wir, wie er den Wagen anließ und mit ihm davonrumpelte.
»Wir hätten mitfahren können«, überlegte Anna-Lisa laut und schob sich das letzte Stück Kuchen in den Mund. Sie kaute,

schluckte und brachte mühsam hervor: »Aber du bist bestimmt zu müde.«
»Gar nicht«, wehrte ich ab. Gleichzeitig fühlte ich das dringende Bedürfnis zu gähnen. Jetzt, da Anna-Lisa davon sprach, wurde mir bewusst, dass ich tatsächlich müde war. Das frühe Aufstehen, der Flug, die erwartungsvolle Spannung – das alles war nicht spurlos an mir vorübergegangen.
Anna-Lisa lächelte. »Wir wollen uns noch ein wenig in die Sonne legen«, schlug sie vor. »Morgen reiten wir nach Atorp, und nächste Woche fahren wir zum Reitstall. Onkel Carlsson wird dir gefallen, er ist ganz prima. Unsere Reitclique übrigens ebenfalls.«
Wir stellten im Obstgarten zwei Liegestühle auf, legten uns hinein und dösten in der Sonne. Anna-Lisa hatte ein Transistorradio aus Lasses Zimmer mitgenommen. Wir hörten Musik und beobachteten Nils, der die ersten, noch unreifen Brombeeren pflückte.
»Igitt!« Anna-Lisa schüttelte sich und rief: »Die sind ja noch ganz grün und sauer.«
Nils störte das nicht. Erstaunlich, was Jungen in seinem Alter essen können, ohne sich den Magen zu verderben.
Es blieb lange hell, wurde aber verhältnismäßig schnell kühl. Gegen sieben klappten wir unsere Liegen zusammen und gingen ins Haus zurück. Wir deckten den Abendbrottisch und ich begann bereits, mich bei Nyströms wie zu Hause zu fühlen.
Lasse kam gegen halb acht nach Hause und wir setzten uns zum Abendessen.
Es gab frisches Roggen- und Weizenbrot, selbst gebackene Brötchen, dazu goldgelbe Butter, reichlich Schinken, Salami und Käse, außerdem die restlichen Fleischklößchen vom Mittagessen und Tomaten.
Alle langten ordentlich zu. Als ich mich später erhob, stöhnte ich zufrieden und glaubte, mich kaum noch bewegen zu können. So gut und so viel hatte ich schon lange nicht mehr gegessen. Wie versprochen rief ich anschließend meine

Eltern kurz an, nur um ihnen mitzuteilen, dass ich gut gelandet und bisher alles prima sei.
Ich war jetzt wirklich todmüde. Tante Gunhild sah es mir wohl an, denn sie schickte mich ohne viele Umstände ins Bett. »Damit du morgen frisch und munter bist«, erklärte sie freundlich. »Um neun gehen wir in die Kirche. Du kommst doch mit?«
Ich nickte halbherzig. »Ich bin katholisch«, erklärte ich, denn hier sind fast alle Protestanten.
»Das macht nichts.« Tante Gunhild lachte mir verschwörerisch zu. »Wir würden nicht gehen, wenn unser Onkel Pastor nicht wäre.«
Onkel Pastor? dachte ich verwundert. Du liebe Güte, man kann doch nun wirklich nicht zu jedem, aber auch jedem Onkel und Tante sagen.
Tante Gunhild schien meine Gedanken zu erraten. Sie erklärte mir, dass der Onkel Pastor der Bruder ihres Mannes sei, also tatsächlich ein Verwandter. »Er hat einen Sohn, Stefan, der auch reitet. Er ist ein Jahr jünger als Lasse.«
»Hat er auch ein eigenes Pferd?«, erkundigte ich mich.
»Nein, er reitet ein Schulpferd, Silver Moon. Die beiden sind auch schon auf Turnieren gestartet. Stefan ist ein guter Reiter, Herr Carlsson hält große Stücke auf ihn.«
»Aha«, murmelte ich und gähnte.
Tante Gunhild schmunzelte und wünschte mir eine gute Nacht. »Denk daran«, ermahnte sie mich, »was du heute Nacht träumst, geht in Erfüllung.«
»Hoffentlich träume ich von einem Turniersieg oder etwas Ähnlichem.« Ich lächelte in mich hinein. Mit meiner Turniererfahrung war es nicht weit her.
Dabei wünschte ich mir so sehr, wenigstens einmal in einem Springen eine Schleife zu gewinnen.
Eine viertel Stunde später lag ich lang gestreckt in meinem Bett. Es war warm und gemütlich. Durch einen Spalt in den Vorhängen konnte ich den hellen Abendhimmel sehen.

Die Sterne schienen noch ganz blass und farblos.
Aus dem Wohnzimmer drangen gedämpft, kaum hörbar, Stimmen herauf.
Mit einem wohligen Gefühl der Zufriedenheit schloss ich die Augen und schlief bald darauf ein.

Die Bewohner von Atorp

Als ich am Morgen aufwachte, fand ich mich gar nicht zurecht. Ein schmaler Lichtstreifen fiel schräg über mein Bett, und blinzelnd sah ich ein kleines Stückchen wolkenlos blauen Morgenhimmel. Wie seltsam, dachte ich müde und verwirrt, ich kann ja geradezu in den Himmel schauen ...
Ich lag noch einige Sekunden ganz still, mit halb geschlossenen Lidern und versuchte meine Gedanken zu ordnen. Schweden, das Haus mit den roten Fensterläden, Nyströms, die Pferde ...
Mit einem Ruck setzte ich mich auf, lauschte. Noch war alles still. Wie spät war es eigentlich? Mein Blick streifte meinen Koffer, den ich noch nicht ganz ausgepackt hatte, glitt weiter zu meinem kleinen Reisewecker. Viertel nach sieben. Es war also noch zeitig. Dann hörte ich Stimmen und spitzte die Ohren. »Immer willst du die Pferde füttern und lässt mich allein das Frühstück machen!«
Das war Anna-Lisa. Sie schien wütend zu sein.
»Ich bin eben der Einzige, der deine hausfraulichen Qualitäten erkannt hat«, meinte Lasse spöttisch.
Eine Tür schlug krachend zu, und dann quengelte Nils: »Müsst ihr zwei so 'nen Krach machen? Ich kann überhaupt nicht schlafen.«
Grinsend sank ich noch einmal in die Kissen. Verwundert stellte ich fest, dass ich mich hier ausgesprochen wohl fühlte. Nyströms waren so gastfreundlich und aufgeschlossen, und ich mochte Anna-Lisa, Lasse und Nils wirklich gern. Ich hat-

te keineswegs das Gefühl, eine Fremde, ein Eindringling zu sein. Kurz glitten meine Gedanken zurück nach Deutschland, zu Sultan, und ich verspürte einen kleinen Stich. Dann ging jener Anflug von Heimweh und Traurigkeit vorbei. Ich versuchte mich an meinen Traum zu erinnern.

So lag ich mehrere Minuten und grübelte.

Pferde, ja, irgendwelche Pferde waren durch meine Träume gegeistert. Mehr wusste ich nicht. Ich überlegte, ob ich noch eine Weile liegen bleiben sollte, beschloss dann aber, aufzustehen und Anna-Lisa in der Küche zu helfen.

Ich wollte nicht nur faul herumliegen, sondern auch etwas tun. Ich wollte dazugehören.

Ich zog meinen Morgenmantel an und ging ins Bad. Zehn Minuten später war ich in der Küche.

»Hej, guten Morgen«, begrüßte mich Anna-Lisa. »Wie hast du geschlafen?«

»Ausgezeichnet«, erwiderte ich. »Kann ich dir helfen?«

»Gern«, sagte Anna-Lisa erfreut. »Den Tisch habe ich schon gedeckt. Du könntest den Toast rösten.«

Kurz darauf wurde es im oberen Stockwerk lebendig.

Gerade als Lasse vom Füttern zurückkam, erschien auch der Rest der Familie.

Wir frühstückten lange und ausgiebig. Onkel Ivar verschanzte sich hinter der Sonntagszeitung und trank dazu schlürfend seinen Kaffee. Seine Frau war sichtlich empört, aber ich grinste nur in mich hinein. Paps pflegte sich beim Frühstück genauso zu benehmen. Nils verschüttete seine Milch und weichte das Tischtuch und die Hälfte des Toastbrotes ein. Als Anna-Lisa ihm dafür auf die Finger klopfte, wurde er wütend und zog sie an den Haaren. Sie gab ihm dafür eine Ohrfeige und er sprang schreiend und schimpfend davon.

»Trautes Heim«, war Lasses ironischer Kommentar.

»Wie gefällt es dir bei uns, Kaj?«

»Gut«, behauptete ich und lachte. Zu Hause war es viel stiller und ruhiger. Es gefiel mir, dass es hier so turbulent zuging.

Onkel Ivar warf einen Blick auf die Uhr.
»Wir müssen bald fahren, wenn wir rechtzeitig in der Kirche sein wollen.«
Tante Gunhild nickte und betrachtete uns prüfend. »Anna-Lisa, zieh ein Kleid an, nicht diesen unmöglichen Rock. Lasse, deine Haare sind noch ganz nass.«
Lasse trank ungerührt seinen Kaffee aus und stand dann auf. »Bis wir in der Kirche sind, sind sie trocken.«
Mit mir schien Tante Gunhild zufrieden zu sein. Jedenfalls sagte sie nichts. Zu sechst quetschen wir uns in Onkel Ivars Wagen und fuhren los.
Pünktlich um neun begann der Gottesdienst. Ich war nicht besonders konzentriert, weil ich die ganze Zeit über Pastor Nyström beobachtete. Er war groß und kräftig wie ein Bär, mit mächtigem Bauch, dicken graumelierten Locken und buschigen Brauen. Er sah viel weltlicher aus, als man sich gemeinhin einen Pastor vorstellt.
Nach Beendigung des Gottesdienstes gingen wir alle ins nahe Pfarrhaus. Ich wurde Pastor Nyström und seiner Frau, einer kleinen, zierlichen Person, vorgestellt und wir setzten uns zu einem gemütlichen zweiten Frühstück zusammen.
Dann tauchte auch Stefan auf, der Sohn des Hauses. Er war recht klein und schlank, mit blondem Haar und blauen Augen. Er ähnelte seiner Mutter sehr.
Er begrüßte uns und verwickelte dann Lasse in ein Gespräch über Pferde.
Nach einer Weile wurde Anna-Lisa hellhörig. »Sprecht ihr von dem Turnier auf Grangard, das in drei Wochen steigen soll?«, wollte sie wissen.
Die Jungen nickten bestätigend. »Wir müssen spätestens morgen unsere Meldungen abgeben«, erinnerte Lasse.
»Was meinst du, ob Kaj auch mitmachen kann?« Anna-Lisa betrachtete mich kritisch.
»Reitest du auch?« Stefan blickte mich interessiert an. Bisher hatte er mich überhaupt nicht zur Kenntnis genommen.

Ich nickte und Lasse erklärte: »Wir müssen Kaj erst mal auf Herz und Nieren testen.« Dabei blinzelte er mir zu.
Ich schnitt eine Grimasse.
»Glaubst du, dass sie überhaupt in Schweden starten darf?«, fragte Stefan zweifelnd. »Du kommst doch aus Deutschland, nicht wahr?«
»Ach, ich deichsle das schon«, versprach Lasse mit unbekümmerter Miene.
Seine Eltern erhoben sich und wir verabredeten uns mit Stefan zu einer Reitstunde am Mittwoch.
»Werdet ihr eure eigenen Pferde reiten?«, wollte ich auf der Heimfahrt wissen.
Anna-Lisa nickte. »Wir fahren Eko und Duvan mit dem Doppelhänger zum Reitstall. Für Chérie ist dann leider kein Platz mehr. Aber du kannst sicherlich ein Schulpferd reiten. Onkel Carlsson hat gute Pferde im Stall.«
Kaum zu Hause angelangt, widmete Tante Gunhild sich dem Mittagessen.
Schon wieder essen!
Ich fühlte mich bereits jetzt dick und rund und war überzeugt, mindestens zwei Pfund zugenommen zu haben. Es war mir ein Rätsel, wie Anna-Lisa und ihre Geschwister so viel essen konnten und trotzdem schlank blieben.
Nach dem Essen gingen Anna-Lisa und ich zu den Pferden. Es war warm geworden, beinahe heiß. Die Pferde grasten unter den Bäumen, im Schatten zusammengedrängt, und wedelten träge mit den Schweifen. Als sie auf uns aufmerksam wurden, hoben sie zwar die Köpfe, hatten aber offensichtlich keine Lust, sich in Bewegung zu setzen.
Anna-Lisa lachte mitleidig. »Sie befürchten wohl, dass wir sie reiten wollen.«
Dabei fiel mir ein, dass sie gestern etwas von einem Ausritt nach Atorp gesagt hatte.
Ich erinnerte sie daran.
»Ach ja, richtig!« Anna-Lisa schlug sich an die Stirn. »Ich

muss Lasse fragen, wann er bei Anna sein soll. Wir sollten gegen Abend reiten, wenn es kühler ist. Die Pferde sind bei der Hitze so unlustig.«

Wir machten uns auf die Suche nach Lasse. Er hatte sein Auto in den Schatten gefahren und war dabei, es zu waschen.

Nils stand daneben und gab mit wichtiger Miene fachmännische Ratschläge.

Der schwarze Kater Nisse beobachtete die ganze Szene von einem Baum aus mit funkelnden Augen.

»Duu, Lasse«, begann Anna-Lisa gedehnt, aber Lasse unterbrach sie sofort.

»Ich habe Anna angerufen und mit ihr ausgemacht, dass wir um sieben bei ihr sind. Sie meinte, wir könnten dann bei ihr zu Abend essen. Passt euch das?«

Anna-Lisa nickte nur, aber mir entfuhr ein lauter Seufzer. Die anderen schauten mich verwundert an, und ich sah mich gezwungen, eine Erklärung abzugeben. »Schon wieder essen«, sagte ich vorwurfsvoll, »ihr redet nur vom Essen! Das ist ja schrecklich!« Lasse grinste erheitert und Anna-Lisa lachte mich herzlos aus.

»Anna kann prima kochen«, mischte Nils sich ein. »Kann ich mitreiten?«

»Nur wenn du brav bist und nicht versuchst, mit Kalle über die Gräben zu springen«, erwiderte Lasse.

»Bestimmt nicht«, versprach Nils bereitwillig.

Den Sonntagnachmittag verbrachten wir mit Faulenzen, und ich schrieb einen ersten Brief an Susi, in dem ich ihr berichtete, was ich bisher erlebt hatte.

Als ich meinen Brief, bevor ich ihn in den Umschlag schob, noch einmal durchlas, stellte ich fest, dass ich einen ziemlich begeisterten Tonfall angeschlagen hatte.

Aber das war ja richtig: Ich fühlte mich bei Nyströms rundherum wohl.

Wer hätte das gedacht! ging es mir durch den Sinn.

Ich musste lächeln.

Patricias Idee war also doch nicht schlecht gewesen.
Am späten Nachmittag fingen wir die Pferde ein und brachten sie in den Stall. Wir fütterten sie, und während sie ihren Hafer verzehrten, zogen wir uns um. Anna-Lisa wollte wissen, ob ich Reitkleidung dabeihätte und ich nickte bestätigend.
»Was glaubst du denn!«, sagte ich fast empört.
Als wir uns in Reithosen und Stiefeln wieder im Stall trafen, leckten die Pferde gerade die letzten Haferkörner aus der Krippe.
Lasse zeigte mir Chéries Putzzeug, Sattel und Trense, und dann gingen wir daran, die Pferde zu striegeln.
Chérie war sehr staubig. Sie hatte sich wohl auf der Koppel gewälzt. Ich genoss es, Striegel und Kardätsche in der Hand zu halten, und Chérie schien die Prozedur auch zu behagen. Sie stand ganz still, mit zur Seite geklappten Ohren und halb geschlossenen Augen. Hin und wieder wandte sie ihren hübschen Kopf und beschnupperte mich fragend und neugierig. Es würde schön sein, mit diesem Pferd Freundschaft zu schließen, seine Eigenheiten kennen zu lernen.
»Bist du fertig, Kaj?«, tönte Anna-Lisas Stimme.
»Nein, ich muss noch satteln!« Ich hatte mich anscheinend ein bisschen zu lange mit Chérie beschäftigt. Aber es war einfach wunderbar und aufregend, mit einem fremden Pferd zu tun zu haben.
»Nur keine Eile«, spottete Lasse gutmütig, »ein Nachtritt ist auch etwas Schönes.«
Ich wurde dummerweise rot und ärgerte mich, dass ich es nicht fertig brachte, Lasse Kontra zu geben. Eigentlich war ich nicht gerade auf den Mund gefallen. Zu Hause im Reitstall und in meinem Freundeskreis galt ich sogar als recht schlagfertig. Aber ich kannte Lasse schließlich erst seit zwei Tagen und war noch immer etwas befangen.
Warte nur, dachte ich, eines Tages bleibe ich dir keine Antwort mehr schuldig.
Anna-Lisa half Nils, Kalle aufzutrensen, weil das Pony, um

seinem Besitzer einen Streich zu spielen, immer den Kopf in der Krippe versteckte. Als Kalle aufgetrenst war, war ich auch mit Chérie fertig, und wir führten die Pferde aus dem Stall. Der Schimmel wieherte vereinsamt, und Anna-Lisa stürzte noch einmal in den Stall, um ihm einen Arm voll Heu in die Box zu werfen. Damit sollte er sich trösten.
Wir saßen auf. Jetzt war ich gespannt wie eine Stahlfeder, und in meinem Magen rumorte es. Mit zitternden Fingern richtete ich mir die Steigbügel, gurtete kräftig nach und schwang mich dann elegant in den Sattel. Chérie stand ganz still, mit aufmerksam gespitzten Ohren. Sie kaute heftig auf dem Gebiss. Anscheinend fand sie es richtig spannend und interessant, einen fremden Reiter auf ihrem Rücken zu tragen. Ich setzte mich zurecht und nahm vorsichtig die Zügel auf.
»Fertig?«, fragte Lasse.
Wir verließen im Schritt den Hof. Ich hielt mich neben Anna-Lisa, die mit der munteren, tänzelnden Duvan alle Hände voll zu tun hatte. Lasse hatte ein Auge auf Nils, dessen blonder Haarschopf tatendurstig in alle Richtungen stand.
»Nils ist ein kleiner Teufel«, behauptete Anna-Lisa, nicht ohne schwesterlichen Stolz. »Er hat überhaupt keine Angst und turnt geschickt im Sattel herum wie ein Cowboy.«
Eine ganze Weile ritten wir schweigend. Wir überquerten die Straße, die ins Dorf führte, und bogen auf einen Weg ein, der zwischen einer Kuhweide und einem Weizenfeld hindurchführte. Ich saß ruhig und fest im Sattel und achtete nur auf Chérie. Ich kannte die Stute ja nicht und war auf Eskapaden gefasst. Aber Chérie machte keine Dummheiten. Sie schritt fleißig, mit aufmerksam gespitzten Ohren aus, war munter und zeigte Vorwärtsdrang, blieb aber gehorsam. Duvan neben ihr schnaubte und tänzelte und steppte im Seitengang. Sie konnte es kaum erwarten zu galoppieren.
Vor uns ritt Lasse. Mit sehr geradem Rücken, gut anliegenden Beinen und lockerer, aber bestimmter Zügelführung lenkte er seinen Eko.

Eko zeigte Temperament; er sah hierhin und dorthin, warf den Kopf auf und wäre gern losgestürmt. Aber gegen Lasse hatte er keine Chance. Es gelang ihm nicht, das Kommando zu übernehmen.

Nach ein paar Minuten trabten wir an. Kalle begann mit einigen Bocksprüngen, und Nils schimpfte wie ein Rohrspatz. Eko machte einen gewaltigen Satz und versuchte zu buckeln, aber Lasse hielt seinen Kopf oben und nahm ihn fest zwischen beide Schenkel. Der Schimmel rundete schnaubend den Hals, holte gewaltig aus, versuchte aber keine weiteren Tricks mehr. Duvan beruhigte sich in der flotteren Gangart und Chérie trabte mit weit ausholenden, federnden Tritten elastisch dahin.

Ich konnte die Zügel ganz weich, ganz locker halten und wusste doch, dass ich das Pferd jederzeit unter Kontrolle hatte. Glücklich klopfte ich den dunkelgoldenen Pferdehals, und Chérie spitzte die Ohren und verlängerte ihre Tritte noch. Es war ein Genuss, dieses Pferd zu reiten. Ich fühlte mich in seinem Sattel wohl.

Der schmale Weg führte leicht hügelan und teilte sich dann. Wir bogen nach rechts und überquerten ein Feld.

Dann tauchten wir in einen kleinen Wald ein. Auf dem nadelübersäten, weichen Waldweg ließen wir die Pferde erstmals galoppieren.

Es wurde ein kurzer, versammelter Galopp, aber als wir aus dem Wald auftauchten und eine weite Wiese vor uns lag, ließen wir den Pferden lange Zügel.

Eko streckte sich mit gewaltigem Schnauben und ließ alle anderen hinter sich. Duvan und Chérie liefen Kopf an Kopf und Kalle kämpfte verbissen, um nicht den Anschluss zu verlieren. Nils feuerte sein Pony an und Kalles kurze, stämmige Ponybeine wirbelten in rasendem Takt. Immer schneller und schneller wurden wir. Chérie kannte kein Aufgeben, kein Müdewerden. Der scharfe Gegenwind trieb mir die Tränen in die Augen, ich krümmte mich im Sattel zusammen, versteckte

mein Gesicht in Chéries flatternder Mähne und versuchte, an nichts mehr zu denken, alle Gedanken abzuschalten, nur noch den wunderbar schnellen Galopp zu genießen. Anna-Lisa neben mir japste nach Luft, atemlos und begeistert.
Die Wiese neigte sich ihrem Ende zu, wir mussten das Tempo verringern und nach links auf einen Feldweg abbiegen.
Eine Weile blieben wir noch in scharfem Trab, und die Pferde schnaubten übermütig und warfen die Köpfe auf. Sie waren noch längst nicht müde.
Lasse drehte sich im Sattel um und grinste, als er feststellte, dass wir alle noch da waren, heil und fröhlich. Sogar Nils und Kalle hatten prima mitgehalten.
»Die Sache geht klar, Kaj«, sagte Lasse dann zu mir, »wir nehmen dich mit auf das Turnier in Grangard.«
»Wie gnädig!«, spottete ich und lachte. Dabei klopfte ich freudig und begeistert Chéries Hals. Die Stute war einfach prächtig. Ich war glücklich, dass wir uns auf Anhieb so gut verstanden.
Wir parierten durch zum Schritt und ließen den Pferden lange Zügel. Sie streckten sich freudig, schienen aber nur darauf zu warten, noch einmal galoppieren zu dürfen. Ich setzte mich gemütlich zurecht. »Sag mal«, wandte ich mich an Anna-Lisa, »wie weit ist es bis nach Atorp?«
»Och, ungefähr drei Kilometer. Siehst du dort vorn die kleine Holzbrücke? Hinter der Biegung liegt der Hof.«
»Ganz außerhalb?«, staunte ich.
»Ja, ja«, bestätigte Anna-Lisa, »inmitten von Wiesen und Feldern. Es ist ein alter Bauernhof.«
»Und wieso heißt er Atorp?«, wollte ich wissen. »Gibt es dort tatsächlich einen Fluss?«
»Ach wo!« Lasse lachte und ließ sich etwas zurückfallen, sodass er nun neben uns ritt. »Nur einen Bach. Gleich siehst du ihn, wir müssen ihn überqueren.«
»Und diese Anna«, fragte ich weiter, denn jetzt wollte ich mehr wissen, »wer ist sie und was macht sie?«

»Du meinst wohl, wovon sie lebt?« Anna-Lisa lächelte. »Sie betreibt eine Geflügelzucht.«
»Hühner, Gänse und anderes Federvieh.« Lasse verzog das Gesicht. Er schien sich nicht besonders viel aus Geflügel zu machen. »Das bringt natürlich nicht viel ein. Anna illustriert außerdem Kinderbücher.«
»Und backt die besten Torten weit und breit«, mischte Nils sich ein. Er leckte sich verzückt die Lippen.
»Stimmt«, bestätigte Anna-Lisa lachend, »bessere als jeder Konditor. Wenn es im Umkreis von zwanzig Kilometern ein besonderes Fest zu feiern gibt, werden die Torten bei Anna bestellt.«
Ich staunte. »Diese Anna scheint ja ausgesprochen vielseitig und tüchtig zu sein.«
»Ja, das ist sie.« Lasse nickte zustimmend.
»Wie alt ist sie denn?«, fragte ich jetzt. »Lebt sie ganz allein dort draußen?«
»Nein«, Anna-Lisa schüttelte den Kopf, »sie hat eine Schwester, Karin, die ist vierzehn, und zwei kleine Kinder, Zwillinge. Die heißen Anders und Astrid und sind vier. Annas Mann ist vor mehr als drei Jahren bei einem Motorradunfall ums Leben gekommen. Er war damals selbst schuld. Das war alles sehr schlimm.«
»Oh!«, machte ich und schwieg betroffen. Was soll man auch sagen, wenn man so etwas erfährt?
Wie schrecklich, einen Menschen, der einem nahe steht, durch einen Unfall zu verlieren.
Und nun musste Anna allein für die zwei Kinder und eine minderjährige Schwester sorgen. Also schien sie auch keine Eltern mehr zu haben.
Ich fragte nicht, das wäre mir zu neugierig, ja beinahe aufdringlich erschienen.
Nun hatten wir die Holzbrücke erreicht. Der klare Bach plätscherte munter dahin, und einer nach dem anderen überquerten wir ihn.

Keines der Pferde machte Theater.
»Nur noch ein paar hundert Meter!«, rief Anna-Lisa. »Ich freue mich schon richtig auf Annas Abendessen. Sie kann toll kochen.«
»Zuerst muss ich mit Pablo arbeiten«, erinnerte Lasse.
Wir trabten die letzten Meter, und als wir einen leichten Bogen um eine kleine Tannenschonung geritten waren, lag ganz plötzlich der Hof vor uns.
Er war viel größer, als ich erwartet hatte, mit geschnitzter Haustür, geschnitzten Fensterläden und einem kunstvoll geschnitzten Geländer um einen mächtigen, ausladenden Balkon. In allen Fenstern hingen bunte Vorhänge, leuchteten frische Sommerblumen.
Rechts neben dem Wohnhaus lag eine riesige alte Holzscheune, links daneben befand sich ein neueres kleines Gebäude, wahrscheinlich der Pferdestall.
Wir klapperten die grasbewachsene Auffahrt entlang, und dann stürzte uns ein junges Mädchen mit blondem Pferdeschwanz entgegen. Es trug verwaschene Jeans und ein viel zu großes Herrenhemd. Als es uns fast erreicht hatte, stolperte es und verlor einen Schuh.
Sofort sauste ein Terrier eifrig kläffend herbei, erbeutete den Schuh und galoppierte damit in die Scheune.
»Flippi, Flippi!«, schrie das Mädchen. »Bring sofort meinen Schuh zurück!«
Nun öffnete sich eines der Fenster im unteren Stock, und eine junge Frau mit energischem Gesicht und kurzem blondem Haar schaute heraus.
»Karin, hast du die Zwillinge gesehen?«
»Zuletzt spielten sie mit Lillan Tierarzt und Patient«, gab Karin zurück. Dann jagte sie, so gut sie konnte, dem Terrier nach, um ihren Schuh zu retten.
Die junge Frau sah uns entgegen.
»Hej«, rief sie, »da seid ihr ja endlich! Wen habt ihr denn heute mitgebracht?«

»Das ist Kaj, sie ist unser Gast«, erläuterte Anna-Lisa, sprang aus dem Sattel und lockerte den Gurt.
Anna kam aus dem Haus geeilt und begrüßte mich fröhlich. »Ich bin Anna, wie du wohl weißt.« Sie lachte mich an und ihre eher strengen Gesichtszüge wurden weich. »Stellt die Pferde in den Stall und kommt herein. Ich habe frischen Streuselkuchen gebacken, den müsst ihr probieren. Meine Pferde sind noch auf der Weide.«
Wir gehorchten, versorgten unsere Tiere und gingen dann alle ins Haus.
Anna führte uns durch eine altmodisch anmutende, schummrige Diele direkt in die Küche. Auf dem Steinboden lagen Flickenteppiche, in einer Ecke stand ein riesiger altmodischer Herd und in einer anderen standen ein runder Holztisch, eine wuchtige Eckbank und schwere Stühle.
An der Wand hing ein Pferdekalender, und auf einem Eckbord standen Pferdefiguren in verschiedenen Größen aus Holz, Ton und Porzellan.
Über allem schwebte der verführerische Duft frisch gebackenen Kuchens. Es roch nach warmem Hefeteig, nach Mandeln und Zimt.
Ich schnupperte begeistert und Nils rollte verzückt die Augen. Auch Lasse und Anna-Lisa machten ein Gesicht, als hätten sie nichts gegen eine kleine Kostprobe einzuwenden. Anna lachte und schob uns Richtung Eckbank. Während sie jedem von uns ein großes Stück Kuchen abschnitt und auf einen Teller legte, blätterte Lasse in einer Pferdezeitschrift. Durchs Küchenfenster konnten wir den ganzen Hof, die Scheune und die Stallungen sehen.
Eben kam Karin angelaufen, die ihren Schuh offensichtlich wieder erbeutet hatte.
Sie wirkte staubig und erhitzt, und der Terrier Flippi galoppierte in vergnügten Sprüngen neben ihr her.
Der Kuchen schmeckte ausgezeichnet. Er war noch warm, und warmer Hefekuchen ist etwas Tolles.

»Hoffentlich schafft ihr jetzt noch das Abendbrot«, meinte Anna lachend.
Lasse seufzte. »Ich bestimmt, wenn ich eine halbe Stunde mit Pablo gekämpft habe.«
Jetzt erst erinnerten wir uns daran, weshalb wir eigentlich hergeritten waren. Wir verließen das Haus und machten uns auf den Weg zur Koppel. Karin begleitete uns. Sie hatte sich mittlerweile wieder beruhigt.
Das Erste, was ich sah, war ein kugelrundes, scheckiges Shetlandpony, dessen lange Mähne den ganzen Hals bedeckte. Der dicke braunweiße Schweif schleppte auf dem Boden. Zwei kleine Flachsköpfe, wohl Annas Kinder, knieten neben dem Pony und betasteten seine Beine. Dazu unterhielten sie sich ernsthaft. Die kleine Astrid war Ponybesitzerin, und der kleine Anders spielte den Tierarzt, der seine Diagnosen stellte und Astrid genau auseinander setzte, was sie zu tun hatte.
»Was für ein rundes Pony!«, entfuhr es mir.
Karin grinste. »Das ist Lillan, unsere Kleine. Sie bekommt in den nächsten Tagen ihr Fohlen«, erklärte sie, »deshalb ist sie so dick.«
Wie schön, dachte ich, ein Fohlen! In unserer Reitschule hatten wir noch nie ein Fohlen gehabt. Und dann noch ein Ponyfohlen, winzig klein, vielleicht ebenso drollig gescheckt wie seine Mutter ... Dieses Fohlen musste ich unbedingt sehen!
Karin nahm die Zwillinge energisch bei der Hand, um sie ins Haus zu bringen. »Zeit für euch, zu essen und schlafen zu gehen«, sagte sie. Die Kleinen folgten ihr erstaunlicherweise ziemlich bereitwillig.
Als ich mich umschaute, entdeckte ich, dass Lasse und Anna-Lisa bereits auf ein braunes Halbblut zusteuerten, das am entferntesten Punkt der Weide stand und ihnen abwartend entgegensah.
Ich kraulte Lillan noch kurz die Mähne und lief dann Anna-Lisa und Lasse nach.
Das braune Halbblut blieb stehen. Es wirkte nicht besonders

kooperativ. Als wir auf zehn Meter herangekommen waren, trabte es am Zaun entlang davon. Seine Augen unter dem dunklen Schopf blitzten hämisch.
»Ist das Pablo?«, fragte ich und musterte das Pferd. Es war mittelgroß, mit langen Beinen und etwas großem Kopf. Ich mochte Pablos Gesichtsausdruck nicht besonders; das Tier wirkte bockig und unerzogen.
»Anna kann ihn sofort einfangen«, beschwerte Anna-Lisa sich. »Nur bei uns macht er Theater.«
»Warum hat sie ihn dann nicht schon in den Stall gebracht?«, staunte ich.
Lasse folgte Pablo mit langen Schritten. »Wahrscheinlich, um sich an mir zu rächen, weil ich gestern nicht gekommen bin.«, antwortete er etwas mürrisch.
Wir verfolgten Pablo zehn Minuten lang kreuz und quer über die Weide. Aber er war geschickt und wich uns immer wieder aus. Ich bemerkte, dass ein drittes Pferd, das in einer Ecke im Schatten einer riesigen Eiche stand, uns mit neugierigen Blicken beobachtete.
»Das ist Filur«, erläuterte Anna-Lisa, als wir kurz Atem schöpften. »Er ist Karins Pferd.«
Filur war ein Isländer, ein Fuchs mit hellem Langhaar, etwa einsfünfunddreißig groß.
»Er ist schrecklich verzogen«, behauptete Lasse und machte einen letzten Versuch, sich Pablo zu nähern. Aber der Braune schlug nur frech nach ihm aus und trabte in eine andere Ecke. Da hatte Lasse die Nase voll und beschloss, Lillan und Filur in den Stall zu führen. Dann würde Pablo schon folgen.
Gesagt, getan.
Als Pablo entdeckte, dass seine Kameraden im Stall verschwanden, überlegte er kurz, schnaubte ärgerlich und trottete dann widerwillig hinterher.
»Und jetzt kommt das Schwierigste«, brummte Lasse. Ich beobachtete ihn gespannt.
Er bürstete Pablo kurz ab, was das Pferd auch ohne weiteres

mit sich geschehen ließ. Das Auftrensen war schon um einiges schwieriger. Pablo reckte den Kopf, so hoch er konnte, drehte sich in seiner Box und tat alles, um sich Lasses Griff zu entwinden.

Lasse knirschte genervt mit den Zähnen und Pablos Augen blitzten wütend. Endlich hatte Lasse es geschafft.

Es war ihm gelungen, Pablo das Gebiss ins Maul zu schieben und das Genickstück über die Ohren zu ziehen. Nun musste er nur noch die Riemen verschnallen. Pablo legte die Ohren an und schüttelte heftig den Kopf.

Als Lasse ihn aus der Box führte, wandte er den Hals hin und her und bewegte sich nur widerwillig. Lasse drückte Anna-Lisa die Zügel in die Hand.

»Heute ist er schlimm«, meinte er, verschwand und tauchte kurz darauf mit einem Sattel wieder auf.

Kaum sah Pablo den Sattel, explodierte er und sprang steifbeinig mehrere Meter weiter.

Anna-Lisa wurde hinterhergezerrt.

»Soll doch der Teufel . . .!«, fluchte Lasse unterdrückt, sparte sich aber den Rest der Verwünschung. Ausgesprochen ruhig redete er auf Pablo ein, dessen Gesichtsausdruck um nichts freundlicher wurde.

Atemlos verfolgte ich Lasses erfolglose Versuche, den Sattel auf Pablos Rücken gleiten zu lassen. Noch nie hatte ich ein so bockiges, widerspenstiges Pferd gesehen.

Die Ohren flach an den Kopf gelegt, versuchte Pablo mit großen Sätzen, dem Sattel auszuweichen.

Ich konnte Lasses Ruhe und Geduld nur bewundern.

Endlich schien Pablo aufzugeben. Mit mürrischem Gesicht blieb er stehen und ließ es zu, dass Lasse den Sattel auflegte und den Gurt leicht anzog.

Anna-Lisa wischte sich den Schweiß von der Stirn und machte den Versuch, mir zuzulächeln.

»Heute ist er grässlich.« Sie deutete auf Pablo. »Manchmal benimmt er sich richtig gut, aber heute . . .«

»Wie lange arbeitet ihr schon mit ihm?«, fragte ich.
»Seit zwei Monaten«, erwiderte Lasse. »Manchmal hilft Anna mir, aber oft bin ich auch allein. – So, auf in den Kampf. Jetzt wollen wir mal sehen, wie Pablo sich heute an der Longe verhält.«
Lasse führte das Pferd auf einen kleinen Sandplatz neben der Koppel und gurtete vorsichtig nach. Sofort schnappte Pablo nach ihm und schlug aus. Kaum hatte Lasse die Longe etwas länger gelassen, da schoss das Pferd mit großen Bocksprüngen davon. Nur mit Mühe schaffte Lasse es, Pablo auf der Zirkellinie zu halten.
Nach etlichen Runden in wildem Galopp ging Pablo schnaufend zum Trab über.
Er bewegte sich hastig und ungeregelt.
Ich wusste nur Eines: Ich hätte ein solches Pferd im Leben nicht besitzen wollen.
Lasse versuchte, Pablo durchzuparieren, und irgendwie gelang es ihm, das Pferd zu sich in die Mitte zu holen. Er gurtete noch einmal nach und schnallte die Ausbindezügel in die Trensenringe.
Sofort warf Pablo den Kopf auf und stemmte die Beine in den Boden. Dabei waren die Ausbinder so lang, dass er sich bequem strecken und den Hals dehnen konnte.
Anna-Lisa tippte ihn mit der Peitsche an, und er schoss wieder davon. Nach wenigen Runden war sein Fell bereits dunkel vom Schweiß, er dampfte und stieß den Atem heftig in großen Wölkchen aus.
Ein schreckliches Pferd, dachte ich wieder. Pablo wirkte beinahe tückisch. Seine Augen blitzten, die Ohren hatte er angelegt und seine Beine stampften zornig auf den Boden. Ich bewunderte Lasse, weil er es fertig brachte, mit so einem Tier überhaupt zu arbeiten.
Nach zwanzig Minuten Trab und Galopp auf beiden Händen parierte Lasse durch. Pablo war verschwitzt und noch immer wütend. Er schnappte nach Anna-Lisa, als sie ihm die Aus-

binder abnahm, und als Flippi seinen Weg kreuzte, schlug er boshaft nach ihm aus.
»Ob wir ihn noch trockenreiben müssen?«, überlegte Anna-Lisa laut. Sie seufzte tief.
»Nein, aber ein wenig führen, damit er abschnaufen kann«, meinte Lasse und nahm Pablo den Sattel ab.
»Soll ich das vielleicht tun?«, erbot ich mich. Ich war selbst erstaunt über mein Angebot, denn ich wollte wirklich nichts mit Pablo zu tun haben. »Ich bin frisch.«
»Oh, würdest du, Kaj? Das wäre prima.«
Dankbar gab Anna-Lisa die Zügel an mich ab. Pablo warf mir einen unfreundlichen Blick zu, folgte mir aber einigermaßen willig, als ich mit ihm an meiner Rechten meine Runden um den Platz drehte. Er hatte einen guten, langen Schritt; ich konnte kaum mithalten.
Plötzlich ging eine Veränderung mit Pablo vor. Er blieb stehen, wandte den Kopf, schnaubte heftig und spitzte freundlich die Ohren.
Als ich mich erstaunt umschaute, entdeckte ich Anna im Gespräch mit Lasse und Anna-Lisa. Pablo war auf sie aufmerksam geworden, begrüßte sie mit leisem, brummigen Wiehern und strebte zu ihr hin.
Dass er mich dabei mitzog, störte ihn nicht.
Anna lachte, klopfte ihm freundlich auf den Rücken und meinte dann, wir sollten ihn und die anderen Pferde wieder auf die Koppel lassen.
Anschließend aßen wir gemütlich zu Abend, holten unsere Pferde aus den Gastboxen und machten uns auf den Heimweg. Ich genoss es, auf Chérie zu sitzen, und dachte mir, wie sympathisch sie doch war, verglichen mit diesem unangenehmen Pablo.
»Wieso arbeitet Anna nicht selbst mit ihm?«, fragte ich. Anna-Lisa und Lasse tauschten einen Blick.
»Ja«, meinte Anna-Lisa, »das ist so eine Sache. Natürlich ist Pablo bei ihr anstelliger. Aber Anna hat keine Ahnung vom

Ausbilden eines Pferdes und sie reitet auch nicht gut. Sie weiß das und hat Lasse gebeten, sich um das Einreiten zu kümmern.«
Ich stellte mir vor, wie es sein würde, Pablo zu besteigen und fühlte, wie mir ein Schauer über den Rücken lief.
»Ich möchte kein solches Pferd«, erklärte ich.
»Ich auch nicht«, stimmte Lasse zu. »Aber Anna hat Pablo selbst großgezogen. Sie hängt an ihm. Wie gefällt sie dir übrigens?«, wechselte er dann das Thema.
»Gut!«, gab ich ehrlich zur Antwort. »Sie wirkt so selbstständig und tüchtig. Karin ist auch nett, aber etwas wechselhaft in ihren Stimmungen. Wie reitet sie?«
Anna-Lisa lachte. »Von Unterricht hält sie nicht viel. Du wirst sie noch reiten sehen, schätze ich.«
Lasse versetzte seinen Eko in Trab und dann in Galopp, und so mussten wir unsere Unterhaltung abbrechen.
Gegen zehn waren wir zu Hause und unsere Pferde strebten der Futterkrippe entgegen.

Ein Abend im Reitverein

Am Mittwoch Abend luden wir Eko und Duvan in den Doppelhänger und fuhren mit den beiden Pferden in die Stadt. Lasses Auto war nicht mehr das jüngste, aber da keine Steigungen zu überwinden waren, kamen wir ganz gut voran. Nils begleitete uns; er wollte zwar keine Stunden nehmen, aber zuschauen.
Lasse und Anna-Lisa unterhielten sich über Reiter und Pferde, die ich nicht kannte. Namen schwirrten hin und her, ich hörte von Björn und Margit, Carlotta und Birger, von Westminster, Trixie, Pilgrim und Troll.
Später erfuhr ich dann, dass Birger der Besitzer von Finfin war. Die anderen Zwei- und Vierbeiner sollte ich noch am selben Abend kennen lernen.

Wir fuhren quer durch die ganze Stadt. Beinahe an jeder Ampel mussten wir halten, und die Pferde trampelten unruhig hin und her. Sie glaubten wohl bei jedem Stopp, schon an Ort und Stelle zu sein, und verlangten, ausgeladen zu werden. Der Reitstall befand sich ganz am Ende der Stadt, dort, wo nur noch einige verstreute Ein- und Zweifamilienhäuser standen. Lasse fuhr durch die Einfahrt und parkte vor dem Stall.
Ich sprang aus dem Wagen und blickte mich neugierig um. Neben uns hielt noch ein weiterer Hänger. Ein großes blondes Mädchen mit kurzem Haarschopf war gerade dabei, eine elegante Fuchsstute auszuladen.
»Hej, wie geht's?«, rief Anna-Lisa ihr zu. Dann erklärte sie mir: »Das ist Margit. Sie geht in Stefans Klasse. Ihre Stute heißt Trixie. Ein Springpferd.«
Auch Lasse begrüßte Margit, und dann gingen wir daran, unsere Pferde auszuladen.
Ich fühlte mich ein wenig mulmig. Es war immer eine besondere Sache, ein fremdes Pferd zu reiten, und den Reitlehrer Carlsson kannte ich auch nicht. Ich fühlte mich plötzlich fehl am Platz und so einsam wie kurz nach meiner Ankunft in Schweden. Lasse und Anna-Lisa führten ihre Pferde in den Stall, und Nils hatte sich bereits verdrückt. Allein stand ich auf dem Vorplatz, atmete tief durch und bemühte mich, keinen trüben Gedanken nachzuhängen, sondern das Bild, das sich mir bot, in mich aufzunehmen: ein aus roten Ziegeln erbauter Stall, an den sich eine lang gestreckte, modern wirkende Reithalle anschloss, ein großer grüner Rasenplatz, auf dem etliche bunte Trainingshindernisse standen, zwei weiß eingezäunte Sandplätze, ein Dressurviereck. Dann, kaum zu sehen, hinter dem Stall und der Halle, eine Weide.
Was für eine schöne Anlage, dachte ich. Weitläufig, modern, einladend. Aber all die fremden Leute, die unbekannten Pferde! Ich schluckte schwer. Kaum wagte ich, den Stall zu betreten. Plötzlich wurde das Stalltor aufgerissen und ich schreckte zusammen.

»Hej«, erklang eine muntere Stimme, die mir irgendwie bekannt vorkam. »Lasse und Anna-Lisa vermissen dich. Komm doch herein.«
Ich sah mich nach dem Sprecher um und erkannte Stefan, der heute, in Reithosen und Stiefeln, ganz anders aussah als am letzten Sonntag.
Er wirkte auch wesentlich aufgeräumter und grinste mir aufmunternd zu.
Ich atmete tief durch und betrat den Stall.
Warme Luft schlug mir entgegen. Es duftete einladend und vertraut nach Pferden, Sattelzeug und Futter. Sofort fühlte ich mich nicht mehr ganz so fremd. Die Vierbeiner waren doch überall gleich, in Deutschland und in Schweden. Gut die Hälfte der Pferde stand in geräumigen Boxen, die andere Hälfte war in Ständern untergebracht. Auf der Stallgasse waren zwei mir unbekannte Pferde angebunden, die von zwei Mädchen kräftig gestriegelt wurden. In einigen Ständern und Boxen waren Reitschüler damit beschäftigt, ihre Pferde zu putzen und zu satteln.
Ich sah, wie Lasse und Anna-Lisa mit ihren Tieren in der Reithalle verschwanden. Als ich beim Eingang der Halle nach ihnen sehen wollte, war sie leer.
Verwundert blieb ich stehen.
»Die Stunde findet draußen statt«, erzählte Stefan. Nach einem prüfenden Blick auf meine Reitstiefel fügte er hinzu: »Punkt sieben fangen wir an. Wenn du mitreiten willst, musst du dich beeilen.«
Hilflos hob ich die Schulter. »Wollen schon – aber an wen muss ich mich wenden?«
»An Onkel Carlsson. Da kommt er gerade.«
Ein großer, schlanker Mann in faltigen Reitstiefeln schob sich an zwei Pferden vorbei auf uns zu. Er lächelte mir entgegen; seine blauen Augen wirkten freundlich.
»Du bist Kaj, stimmt's?«, fragte er. »Lasse bat mich gerade, dir ein Pferd zu geben.«

»Oh«, machte ich, teils erleichtert, teils aufgeregt und ärgerte mich, weil mir keine originelle Antwort einfiel. Herr Carlsson lächelte verständnisvoll. Er legte mir eine Hand auf die Schulter, schob mich zu einem Ständer und deutete auf das Pferd, das darin stand.
»Das ist Troll. Den kannst du reiten. Dort drüben hängt sein Sattelzeug. Halte dich heute nicht lange mit Putzen auf und komm gleich hinaus.«
Damit ließ er mich allein.
Ich schob mich in Trolls Ständer und bot dem Pferd ein Stück Zucker an. Troll beobachtete mich abschätzend, und ich dachte schon: Hilfe, besonders begeistert scheint er nicht von mir zu sein. Troll zeigte sich dann aber beim Putzen und Satteln recht anständig. Er war dunkelbraun und nicht besonders groß, aber kräftig und hatte eine dicke Mähne, die kaum zu bändigen war.
Einige Pferde wurden an uns vorbeigeführt. Auf einmal merkte ich, dass ich die Letzte war.
Ich warf einen Blick auf die Uhr. Fünf nach sieben! Und die Stunde würde pünktlich beginnen!
Eilig zog ich Troll hinaus. Als er die frische Luft atmete und seine Stallkameraden auf dem Dressurplatz sah, blieb er stehen und wieherte laut. Dann setzte er sich mit eiligen Schritten in Bewegung. Ich musste beinahe rennen, um mithalten zu können.
Neugierige Blicke musterten mich, als ich das Viereck betrat. Etwas nervös schielte ich zu Herrn Carlsson. Er schien mir die Verspätung nicht übel zu nehmen.
Vielleicht habe ich heute noch Narrenfreiheit, überlegte ich, während ich nachgurtete und mir die Bügel richtete. Dann saß ich auch schon im Sattel.
»Du kannst an den Schluss gehen«, kommandierte Herr Carlsson, und ich gehorchte nur zu gern. So konnte ich die anderen beobachten und hoffen, dass sie keine Gelegenheit hatten, zu sehr auf mich zu achten.

Natürlich hatte ich bereits einige neugierige, prüfende oder abschätzige Blicke aufgefangen. Das Herz schlug mir bis zum Hals. Ich war wütend auf mich selbst, aber ich konnte meine Nervosität und Spannung nicht unterdrücken.
Während wir einige Runden Schritt am langen Zügel ritten, musterte ich die Abteilung.
An der Spitze ritt ein großer blonder Junge auf einem langbeinigen, braunen Vollblut.
Hinter ihm kam Lasse und dann Anna-Lisa, die mir freundlich zugrinste.
Es folgten diese Margit mit ihrer Fuchsstute und ein zierliches Mädchen mit dicken braunen Locken, die es im Nacken zusammengebunden hatte. Das Mädchen war ungefähr in meinem Alter und saß auf einem kräftigen Braunen, der den Kopf ziemlich hoch trug.
Der nächste Reiter war Stefan. Er saß im Sattel eines eleganten Grauschimmels. Der Schimmel war Silver Moon, das Schulpferd, das er meistens ritt.
Dann kamen zwei Mädchen auf Schulpferden und ein Junge auf einem temperamentvollen gescheckten Pony, das ständig scheute und den Kopf zwischen die Beine klemmte, um zu bocken. Eine lange Abteilung.
Ich ritt, schüchtern und kribbelig vor Aufregung, als Letzte. Konnte ich unter den strengen Blicken des Reitlehrers bestehen, ohne mich allzu sehr zu blamieren?
Herr Carlsson ließ uns die Zügel aufnehmen und antraben. Die eigentliche Stunde begann. Nun hatte ich keine Zeit mehr, mich umzuschauen. Ich musste mich auf mein Pferd konzentrieren. Troll bewegte sich mit eifrigen, eher ganz kurzen Tritten. Es war wirklich nicht leicht, sich seinem Rhythmus anzupassen. Den Kopf streckte er eigenwillig vor. Ich konnte nur hoffen, ihn im Verlauf der Stunde noch an den Zügel zu bekommen.
Herr Carlsson ließ uns mehrmals die Hand wechseln, Tempo einfangen und wieder zulegen. »Auf zwei Zirkeln geritten!«,

kommandierte er dann. Stefan wurde der Anfangsreiter des zweiten Zirkels. Wir mussten durchparieren und unsere Pferde vom Mittelpunkt bis zur geschlossenen Seite dem inneren Schenkel weichen lassen.
Danach wechselten wir durch den Zirkel und ritten dieselbe Übung noch einmal auf der anderen Hand.
Troll reagierte recht gut auf meine Hilfen, und ich spürte, dass ich lockerer wurde.
Wir galoppierten in ruhigem Arbeitstempo und bildeten wieder eine Abteilung.
Bisher hatte Herr Carlsson nicht viel gesagt, und ich hatte mich bereits darüber gewundert.
Dann aber verschonte er keinen von uns. Er sparte nicht mit Kritik, ein Lob von ihm kam selten und schien etwas Außergewöhnliches zu sein.
Ich seufzte, als er mich ermahnte, weicheren Kontakt zum Pferdemaul zu halten, mich mehr aufzurichten und zu versuchen, tiefer im Sattel zu sitzen.
Allerdings war ich ja nicht die Einzige, an der er etwas auszusetzen hatte.
»Mehr Schenkel, Anna-Lisa, gleichmäßig durchtreiben. Stefan, lass die Sporen aus dem Pferd! Wieso schaust du immer auf den Pferdehals? Kopf hoch, geradeaus sehen! Lasse, lass Eko diese Mätzchen nicht durchgehen! Sei etwas energischer, auch wenn du mal die Gerte gebrauchen musst! Carlotta, Pilgrim verwirft sich im Genick, nimm die innere Hand höher. Abteilung Scheeeritt!«
Wir parierten durch. Es folgten Schenkelweichen und Schulterherein im Schritt.
»Anna-Lisa, dein Pferd fällt über die äußere Schulter, lass den äußeren Schenkel und Zügel dran. Nicht zu sehr abstellen, Lasse, so wird's besser ...«
Ich geriet ins Schwitzen. Herr Carlsson hatte seine Augen überall, er schenkte uns nichts.
»Björn!« Das war der große Junge auf dem Vollblut. »Deine

Hand ist zu schwer. Westminster verkriecht sich hinterm Zügel. Weiche Hand, weiche Anlehnung, treib dein Pferd vorsichtig mit beiden Schenkeln gleichmäßig ans Gebiss heran.«
Björn machte ein verbissenes Gesicht. Er schien die Reiterei ernst zu nehmen.
Später erzählte mir Anna-Lisa, dass Björn der Sohn des Reitlehrers war und den Ehrgeiz hatte, in die Fußstapfen seines erfolgreichen Vaters zu treten.
Wir ritten noch einige Dressurlektionen in allen drei Gangarten, dann winkte Herr Carlsson uns auf den benachbarten Sandplatz. Dort stand auf der Mittellinie eine einladende Triplebarre, etwa neunzig Zentimeter hoch, also nicht Furcht erregend. Trotzdem begann es in meinem Magen zu zwicken, als ich begriff, dass wir springen sollten.
Eigentlich springe ich für mein Leben gern, aber mit einem wildfremden Pferd ...
Troll stellte die Ohren aufmerksam auf und kaute heftig auf dem Gebiss. Der Schecke vor uns machte einige wilde Bocksprünge, sodass sein Reiter fast die Kontrolle über ihn verlor. Eko tänzelte unternehmungslustig und brachte dadurch auch Trixie aus der Fassung.
Herr Carlsson lachte. »Ihr scheint ja schwer in Form zu sein«, sagte er ironisch. Dann forderte er den ersten Reiter, Björn, auf, ruhig im Trab anzureiten. Wir sollten erst kurz vor dem Sprung angaloppieren und nach der Landung wieder zum Trab durchparieren. Westminster erledigte seine Aufgabe flüssig und elegant.
Nun war Lasse an der Reihe. Eko schnaubte und schlug ungestüm mit dem Kopf. Lasse führte ihn mit ganz weicher, aber bestimmter Hand, brachte das Pferd richtig an den Absprung und ging bei dem enormen Satz, den Eko machte, gut in der Bewegung mit. Trixie und Pilgrim sprangen beide zu heftig, aber Duvan machte ihre Sache gut, ebenso Silver Moon. Die beiden anderen Schulpferde verweigerten zunächst, sprangen dann aber doch, wenn auch mit wenig Begeisterung. Eines

der Tiere, eine hochelegante Rappstute, gefiel mir sehr gut, aber sie war ein ausgesprochener Dressurtyp und fand offensichtlich wenig Gefallen am Springen.
Nun war der Schecke an der Reihe.
Schnell wie der Wind fegte er auf die Triplebarre zu. Ich hielt den Atem an. Sein Reiter war vollkommen machtlos. Er zog und zerrte zwar am Zügel, was Herrn Carlsson zu finsterem Stirnrunzeln veranlasste, aber das Pony nahm nicht die geringste Notiz von ihm.
»Das war schlecht«, sagte Herr Carlsson, »du weißt es mit Sicherheit selbst.«
Der Junge parierte mit rotem, erhitztem Gesicht durch, und sein Pony drehte sich auf der Stelle und schlug wie verrückt mit dem Kopf. Du liebe Güte, schoss es mir durch den Sinn, was für ein heftiges Tier!
»Wir arbeiten später noch zusammen«, wandte Herr Carlsson sich an den Jungen, »jetzt möchte ich erst einmal Kaj springen sehen.«
Bei seinen Worten erfasste mich eine Art von Panik. Ich schluckte und krampfte meine Finger fest um die Zügel. Ich wusste, wie albern ich mich benahm.
Aber schließlich ist es keine Kleinigkeit, in einer fremden Reitschule ein fremdes Pferd zu springen, während man von lauter fremden Leuten kritisch beobachtet wird.
Lieber Troll, bitte sei anständig, bat ich stumm, während ich antrabte und mein Pferd auf den Hufschlag brachte. Ich wusste, dass jetzt alle prüfend herschauten. Anna-Lisas und Lasses Blicke machten mir wenig aus, aber ich wollte so gern einen halbwegs guten Eindruck hinterlassen.
Herrn Carlssons Miene war undurchschaubar. Mit verschränkten Armen stand er breitbeinig da und verfolgte uns mit aufmerksamem Blick. Ich wusste, dass ihm nichts, keine Kleinigkeit entgehen würde.
Ich wendete auf die Mittellinie ab und fasste den Sprung ins Auge. Troll schien ausgesprochen springwillig zu sein. Er

spitzte die Ohren und zog so eifrig an, dass ich Schwierigkeiten hatte, ihn im Trab zu halten.
Wir näherten uns der Triplebarre und nun konnte ich an nichts anderes mehr denken als an das Pferd unter mir und das Hindernis vor mir. Ich lockerte die Zügel ein wenig, Troll fiel von allein in Galopp.
Der Absprung passte nicht ganz, wir mussten ein wenig früh weg, aber Troll war geschickt, streckte sich, landete nach kurzer Flugphase sicher hinter dem Hinderniss und galoppierte temperamentvoll weiter.
Ich schob mir die Kappe aus der Stirn, atmete tief aus und versuchte, durchzuparieren. Der Sprung war gelungen! Ich hatte mich nicht blamiert.
»Du bist ganz rot im Gesicht.« Anna-Lisa kicherte, als ich an ihr vorbeiritt. Ich konnte ihr nicht einmal eine passende Antwort geben.
Stefan grinste, und die braunlockige Carlotta lächelte mir freundlich zu. Plötzlich fühlte ich mich in diesem fremden Reitstall fast wie zu Hause.
»Nicht schlecht«, meinte Herr Carlsson, und wie bei den meisten Reitlehrern waren diese Worte auch aus seinem Mund ein hohes Lob.
Ich lachte erleichtert und klopfte Troll dankbar den Hals. Wenn er nicht so eifrig und willig gewesen wäre …
Wir durften alle noch einmal springen, dann konnten wir unsere Pferde am hingegebenen Zügel trocken reiten, während Herr Carlsson sich dem Jungen auf dem heißblütigen Schecken widmete.
Ich hatte nicht mehr den Nerv dazu, ihm zuzuschauen. Ich klopfte Trolls Hals, zog die Füße aus den Bügeln und versuchte, mich zu entspannen. Anna-Lisa ritt an meiner Seite, und wir unterhielten uns. Margit und Carlotta schlossen sich uns an, während Lasse, Björn und Stefan ebenfalls eine Gruppe bildeten. Es war gemütlich und angenehm, nebeneinanderher zu reiten und über Nichtigkeiten zu plaudern.

Der schönste Teil der Reitstunde, dachte ich. Die Pferde stapften ruhig und zufrieden dahin, mit triefenden Nasen und gelösten Schritten.

Sie wussten genau, dass die Arbeit beendet war und der Stall und ihr Abendheu sie erwarteten.

Nachdem ich Troll versorgt hatte, machte ich mich auf die Suche nach Lasse und Anna-Lisa. Ich fand sie vor dem Stall, wo sie gerade ihre beiden Pferde einluden.

»Fahren wir gleich zurück?«, wollte ich wissen.

Lasse schüttelte den Kopf. »Wir wollen mit den anderen noch ins Reiterstübchen gehen.«

»Die Pferde haben Heu zu knabbern und die vordere Tür steht offen«, fügte Anna-Lisa hinzu, als sie bemerkte, wie meine Blicke Richtung Hänger wanderten.

»Sagt mal«, kam es plötzlich von Lasse, »hat eine von euch Nils gesehen?«

Richtig! Nils war ja gleich anfangs verschwunden und seither nicht mehr aufgetaucht.

Wir blickten uns ratlos an. Lasse fuhr sich nachdenklich durchs Haar und war offensichtlich etwas beunruhigt.

Ein kurzes Auflachen von Anna-Lisa riss uns aus unseren Gedanken. »Ach, wo soll er schon sein? Er kann doch nicht verloren gehen.«

»Trotzdem wäre mir wohler, wenn ich wüsste, wo er steckt«, sagte Lasse ernst.

»Wir sollten ihn suchen.«

Im gleichen Augenblick führte Margit ihre Stute hinaus. Sie schien zu bemerken, dass wir uns um irgendetwas Sorgen machten, denn sie erkundigte sich, was los sei.

»Wir vermissen Nils«, erläuterte Lasse. »Ist er dir über den Weg gelaufen?«

»Mir? Nein.« Margit stellte ihre Trixie vor die Verladerampe und die Stute kletterte willig allein in den Hänger. Margit und Lasse schlossen die Klappe. »Tut mir Leid«, sagte Margit, »ich muss jetzt gleich nach Hause. Hoffentlich findet ihr

ihn.« Sie blickte sich noch einmal suchend um. »Aber«, wiederholte sie dann Anna-Lisas Worte, »er kann ja nicht verloren gehen.«
»Nein, natürlich nicht«, bestätigte Lasse mit leisem Seufzen. Ganz beruhigt sah er allerdings nicht aus.
Seltsam, dass keiner Nils in der letzten Stunde gesehen hatte. Nun ja, zugegeben, wir waren geritten und hatten keine Zeit gehabt, auf ihn zu achten. Aber jetzt, da die Reitstunde beendet war, könnte Nils allmählich wieder auftauchen.
»Ob er im Stall ist?«, überlegte Anna-Lisa laut. »Lasst uns nachschauen!«
Wir suchten im Stall nach Nils und auch auf dem Heuboden. Stefan und Carlotta nahmen an der Suchaktion teil, als sie davon hörten. Stefan schaute auf die Plätze, und Carlotta kam auf die Idee, im Reiterstübchen nachzufragen. »Vielleicht hat er Durst gehabt und ist schon hochgegangen«, vermutete sie.
Wir gingen mit. Herr Carlsson und Björn saßen mit anderen Leuten an einem Tisch.
Die Wirtin hinter der Theke nickte grüßend und maß mich mit neugierigem Blick.
»Ist unser kleiner Bruder hier gewesen?«, fragte Lasse. Die Wirtin verneinte. Wir tauschten ratlose Blicke. Man merkte ihm an, dass er immer besorgter wurde.
»Was sollen wir tun?« Anna-Lisa blickte Lasse an, als erwarte sie, er könne Nils wieder herbeizaubern.
»Ich verstehe das nicht.« Stefan starrte nachdenklich zu Boden. »Wir haben auf dem gesamten Gelände gesucht. Er ist nicht da.«
»Ob er in die Stadt gegangen ist?«, fragte Carlotta zögernd. Aber der Klang ihrer Stimme verriet, wie unsinnig sie ihre eigene Idee fand.
Lasse schüttelte auch prompt den Kopf. »Ach wo, bis ins Zentrum ist es doch viel zu weit. Nils ist noch nie auf so einen Gedanken gekommen. Gewöhnlich schaut er uns interessiert beim Reiten zu.«

Aber heute ...? Vielleicht hatte er die Reitstunde beobachtet und war dann erst verschwunden?
Aber wohin?
Anna-Lisa schluckte. »Was sollen wir tun, Lasse? Die Eltern anrufen?«
»Ach was, das wäre übereilt.« Aber Lasse wirkte ebenso ratlos wie wir.
»Setzen wir uns doch für einen Moment und trinken wir etwas«, forderte Stefan uns auf. »Und dabei überlegen wir in aller Ruhe, wo Nils sein könnte.«
Lasse nickte halb zustimmend, halb widerwillig, und wir nahmen an einem hellen Ecktisch direkt neben der großen Musikbox Platz.
Keiner von uns hatte Lust, Musik zu hören.
Stumm saßen wir da und warteten auf die Getränke, nachdenklich, grübelnd.
Björn gesellte sich zu uns und wunderte sich zunächst einmal über unsere ernsten Mienen. Als Anna-Lisa ihm erzählte, was los war, machte er ein erstauntes Gesicht.
»Das gibt's doch nicht«, meinte er. »Während der Reitstunde saß er auf der Mauer auf dem Parcours und hat uns zugeschaut.«
Das war keinem von uns aufgefallen. Wir tauschten einen Blick, der zeigte, dass jeder hoffte, der andere habe nun einen Geistesblitz.
Die Wirtin brachte die Getränke und warme, ofenfrische Brezeln. Die hatte Stefan für uns bestellt.
Wir nickten ihm dankbar zu.
Plötzlich setzte Lasse sein Glas mit einem Ruck ab.
»Es hat keinen Sinn«, erklärte er, »ich kann hier nicht sitzen und grübeln. Mir kommt kein vernünftiger Gedanke. Es ist fast halb zehn. Nils würde niemals so lange einfach irgendwo herumtrödeln.«
»Aber es kann ihm doch nichts passiert sein!«, rief Anna-Lisa erschrocken.

»Das ist eben die Frage«, gab Lasse zu. Dann stand er auf. »Kommt, wir wollen noch einmal alles absuchen. Zum Glück ist es noch hell genug.«
Schweigend verließen wir das Reiterstübchen. Nur Björn gesellte sich wieder zu seinem Vater, wohl um über die nächsten Turniere zu sprechen. Wir anderen hatten beim besten Willen nicht den Nerv dazu. Heute standen nicht die Pferde im Mittelpunkt, sondern der verschwundene Nils.
Fast eine halbe Stunde lang wanderten wir über das ganze Gelände und riefen nach Nils. Aber wir erhielten keine Antwort. Es war dunkel geworden. Die Pferde im Hänger begannen bereits, unruhig zu stampfen und zu wiehern. Sie wollten endlich nach Hause.
»Jetzt rufe ich doch zu Hause an«, sagte Lasse schließlich. »Vielleicht weiß Papa, was zu tun ist.«
»Im Stall ist ein Telefon«, erinnerte Carlotta, »dann brauchst du nicht noch einmal ins Reiterstübchen.«
Lasse nickte und suchte in seinem Geldbeutel nach Kleingeld. »Hat irgendwer ein paar Öre für mich?«
»Ich habe nur ein Fünf-Kronen-Stück«, sagte Carlotta. Stefan hatte auch kein Kleingeld.
»Ich habe meinen Geldbeutel im Auto gelassen«, fiel mir ein. »Gehen wir doch schnell hin, das ist immer noch der kürzere Weg.«
Lasse begleitete mich zum Wagen. Er klapperte mit den Autoschlüsseln. Es war seinem Gesicht leicht anzusehen, was in ihm vorging.
»Wo hast du gesessen, Kaj? Vorne, nicht wahr?« Er öffnete die Tür und ich tastete nach meinem Geldbeutel, fand ihn aber nicht.
»Auch das noch.« Ich seufzte. »Heute scheint alles zu verschwinden. Weshalb tut diese blödsinnige Innenbeleuchtung nicht?«
»Tut mir Leid, dass meine Luxuskarosse nicht perfekt ist«, bemerkte Lasse trocken.

»Ach, sei doch nicht so«, murmelte ich. Natürlich war es dumm, sich wegen der Innenbeleuchtung aufzuregen. Trotzdem hätte ich meinen Geldbeutel gern wieder gefunden. Ich hatte ihn doch auf die Ablage gelegt, zwischen den beiden Vordersitzen. Ob er irgendwie unter den Sitz gerutscht war? Ich stieg aus, um den Sitz vorzuklappen, und da... Auf der Rückbank, in der hintersten, dunklen Ecke, schien sich etwas zu bewegen. Ich zuckte zusammen. Ein Schatten! Ich lauschte. Atmete da nicht jemand?
»Lasse«, wisperte ich aufgeregt, »ich glaube...«
Lasse schoss um den Wagen herum und gemeinsam starrten wir auf den Schatten. Lasse kroch in den Wagen, streckte die Hand aus...
»He«, erklang eine müde Stimme, »lass mich in Ruhe!« Nils! Wir blickten einander an und mussten erleichtert auflachen. Nils hatte sich im Wagen verkrochen und war dort eingeschlafen. Und wir hatten ihn nicht gesehen! Im Auto nachzuschauen, daran hatte keiner von uns gedacht.
»Komm, wir sagen es den anderen«, sagte ich.
»Geh du, ich bleibe lieber hier beim Auto.«
Lasse stöhnte und lachte gleichzeitig. »Sonst verschwindet Nils am Ende tatsächlich noch.«
Also ging ich, um Anna-Lisa und den anderen Bescheid zu sagen, dass wir Nils gefunden hatten.
»Na, Gott sei Dank«, stieß Carlotta aus.
Wir tauschten einen Blick und dann prustete Stefan los.
»So ein Filou«, meinte er kopfschüttelnd. »Uns dermaßen in Atem zu halten!«
»Jetzt aber nichts wie nach Hause«, bestimmte Anna-Lisa. »Die Eltern werden sich schon Sorgen machen. Vielen Dank für eure Hilfe.«
»Nichts zu danken. Sehen wir uns am Samstag?«
»Ich denke schon. Bis dann!« Wir winkten zurück, und Carlotta und Stefan verschwanden schnellen Schrittes um die nächste Ecke.

Schweigend und erleichtert fuhren wir nach Hause. Nils war wieder eingeschlafen. Zusammengekugelt wie ein Igel lag er in seiner Ecke und ahnte nichts von der Aufregung, die er verursacht hatte.

Zwei Geburtstage

»Reitest du mit nach Atorp? Ich möchte bei Anna eine Geburtstagstorte bestellen«, sagte Anna-Lisa am nächsten Tag zu mir.
Wir hatten die gestrige Aufregung mittlerweile verdaut. Nils hatte nur große Augen gemacht, als wir ihm von unserer Suche nach ihm erzählt hatten. Auch mein Geldbeutel hatte sich im Auto gefunden.
»Gern«, antwortete ich auf Anna-Lisas Frage. »Wer hat denn Geburtstag?«
»Ich«, erklärte sie und lachte.
»Du?«, fragte ich. »Wann denn?«
»Nächsten Montag.«
»Und wie alt wirst du?«
»Sechzehn.«
Ich nickte vor mich hin. »Das dachte ich mir.«
»Und wieso das?«
»Nun ja, ich dachte es mir eben.«
Anna-Lisa kicherte. Sie schien heute ausgesprochen gut gelaunt zu sein.
»Wann hast du Geburtstag?«, wollte sie wissen.
»Am ersten September.«
»Und wie alt wirst du?«
»Sechzehn«, sagte ich und lachte mit.
Eine halbe Stunde später waren wir auf dem Weg zu Anna. Die Sonne brannte, und unsere Pferde zeichneten sich nicht durch Vorwärtsdrang aus. So ritten wir im Schritt und in ruhigem Trab am hingegebenen Zügel nebeneinanderher.

Anna schien sich über unseren Besuch zu freuen. Sie war gerade dabei, eine Hochzeitstorte kunstvoll zu verzieren. Als wir ihre Küche betraten, betrachtete sie ihr Werk prüfend, um dann noch eine weiße Rosette zwischen zwei rosa Blütenknospen zu setzen.

»Hej«, grüßte sie und strahlte uns an, »ihr kommt gerade recht. Karin ist dabei, unsere Boxen neu zu streichen. Möchtet ihr helfen?«

Wir tauschten einen kurzen Blick. »Warum nicht?«, meinte Anna-Lisa dann. »Eigentlich wollte ich bei dir nur eine Geburtstagstorte bestellen.«

Anna legte die Spritztülle beiseite, setzte sich und fragte: »Was schwebt dir denn vor?«

Sie schien genau zu wissen, für wessen Geburtstag die Torte bestimmt war.

»Etwas richtig Pompöses«, erklärte Anna-Lisa eifrig. Ihre dunklen Augen begannen zu leuchten. »Mit Creme und Marzipan und Verzierungen aus Zuckerguss.«

Anna nickte. »Wird gemacht. Erinnerst du dich an die Torte, die ich für Frau Kjellberg gebacken habe? So ähnlich wird deine auch werden.«

»Prima«, meinte Anna-Lisa. Ihr Blick schweifte zu der beinahe fertig gestellten Hochzeitstorte hin. »Wer heiratet denn?«, wollte sie wissen.

»Jemand aus der Stadt«, erwiderte Anna. »Du kennst die Leute sicherlich nicht.«

Anna-Lisa schwieg für Sekunden, dann blickte sie mich an. »Wollen wir Karin helfen?«

»Warum nicht?« Gemeinsam Pferdeboxen streichen, das konnte lustig werden. Allerdings hatte ich meine beste Reithose an, und Anna-Lisas Hosen waren sogar ganz neu. Auf die Reitstiefel hatten wir glücklicherweise verzichtet. Schwarze Lederstiefel mit Farbklecksen sehen nicht besonders vorteilhaft aus.

»Ach, sag mal«, wandte Anna-Lisa sich noch einmal an An-

na, »was kostet die Torte? Mama hat mir das Geld gleich mitgegeben.«
Annas Gesichtsausdruck war zu entnehmen, dass sie im Kopf Zahlen überschlug.
»Hundert Kronen«, sagte sie dann, »weil du's bist. Und ich verspreche dir, du bekommst ein Prachtstück.«
Anna-Lisa schob einen Hundert-Kronen-Schein über den Tisch und wir verließen das Haus.
Als wir kurz darauf den Stall betraten, wurden wir von Karin begeistert begrüßt.
Sie trug alte, verwaschene Jeans, ein viel zu kurzes T-Shirt, das ihren Nabel freiließ, und auf dem Kopf einen dreieckigen Hut aus Zeitungspapier.
»Zieht euch einen Kittel über, schnappt euch einen Pinsel und helft mir«, forderte sie uns sofort auf.
Wir gingen an die Arbeit. Karin berichtete nebenbei, dass sie Filur zum nächsten Ponyturnier gemeldet hatte.
»Hoffentlich scheiden wir nicht gleich am ersten Sprung aus«, meinte sie lachend.
Anna-Lisa tauchte ihren Pinsel tief in den Eimer mit leuchtend blauer Farbe.
»Du solltest vorher noch ein paar Reitstunden nehmen«, schlug sie vor.
»Die würden auch nichts nützen«, behauptete Karin unbekümmert.
»Na, wenn du es so siehst«, murmelte Anna-Lisa.
Ich fragte Karin, welche Prüfungen sie reiten wolle.
»Oh«, meinte Karin, »alles, was für uns in Frage kommt. Springen, Dressur – und das Ponyrennen.«
»Rennen?«, staunte Anna-Lisa. »Rennen auch?«
»O ja! Filur kann wahnsinnig schnell laufen, wenn er will. Bestimmt gewinnt er in seiner Klasse.«
Sie sagte das so überzeugt, dass Anna-Lisa ihr nicht widersprechen wollte.
Später auf dem Heimweg blickte sie mich halb ernsthaft, halb

grinsend an. »Karin und das Ponyturnier!«, rief sie. »Oh, Hilfe!«
Auf halbem Weg kam uns Lasse auf Eko entgegen. »Hej!«, rief er von weitem. »Wo wart ihr so lange?«
Duvan und Chérie wieherten und Eko fiel in Galopp. Auch Lasse sah nicht aus, als habe er einen großartigen Ritt geplant; er trug nur Jeans und Turnschuhe. Als er uns genauer anschaute, brach er in lautes Gelächter aus. »Seid ihr in einen Farbtopf gefallen?«
»Aber nein, was glaubst du denn«, antwortete Anna-Lisa giftig. »Wenn man sich allerdings so wie du vor jeder Arbeit drückt ...«, fügte sie dann hinzu.
»Was heißt hier drückt?«, fragte Lasse. »Ich bin auf dem Weg zu Pablo, diesem Untier. Wenn die Arbeit mit ihm keine Arbeit im wahrsten Sinne des Wortes ist ...«
»Du tust mir ja so Leid«, meinte Anna-Lisa spöttisch.
Lasse schnitt eine komische Grimasse und wir ritten weiter. Ich jedenfalls bedauerte Lasse wirklich. Pablo war ein ausgesprochen unangenehmes Pferd. Anna-Lisa wirkte beinahe ein bisschen schadenfroh. Sie fand, dass Lasse selbst an seinem Unglück schuld war.

Am Samstag trafen wir uns wieder im Reitverein und ich lernte auch die anderen besser kennen. Alle schienen mir unkompliziert und aufgeschlossen zu sein. Björn tat ein bisschen zu sehr von oben herab, aber er war wenigstens witzig. Mit Carlotta verstand ich mich auf Anhieb gut, und Stefan war auch in Ordnung.
Er war ausgeglichen und freundschaftlich.
»Wenn Birger zurückkommt, ist unsere Clique wieder vollständig«, erklärte er.
»Wann kommt er denn?«, wollte ich wissen. Ich war auf Birger und sein Pferd mittlerweile richtig gespannt. Ich fühlte mich wohl in Schweden, dazugehörig. Nun wollte ich auch den letzten der Reiterclique kennen lernen.

»Am Freitag«, berichtete Lasse.
»Und am Sonntag will er auf dem Ponyturnier starten«, ergänzte Carlotta.
»Ist Finfin denn ein Pony?«, fragte ich erstaunt.
»Ja«, bestätigte Anna-Lisa, »und was für eins! Er und Filur – die beiden werden eine gute Reklame für unseren Reitklub abgeben.«
»Birger hat mich übrigens gebeten, ihn auf das Turnier zu fahren«, erklärte Lasse. »Eigentlich könnte ich dann auch Karin mitnehmen.«
»Ja, warum nicht?« Anna-Lisa grinste. »Dieses Turnier werde ich mir nicht entgehen lassen.«
»Kommst du auch mit, Kaj?«
»Gern, wenn ihr Platz im Wagen habt...«
»Wir werden eben zusammenrücken«, meinte Lasse.
»Übrigens«, schaltete Björn sich da ein. »Ich habe am nächsten Freitag Geburtstag. Ihr kommt doch alle? Ich gebe eine kleine Party im Reiterstübchen.«
Noch ein Geburtstag! War ja eigentlich kein Wunder, bei so vielen Leuten.
Ich war mir nicht ganz sicher, ob die Einladung auch für mich galt, aber Anna-Lisa beruhigte mich. »Natürlich sollst du mitkommen«, versicherte sie.
Also musste ich auch für Björn noch ein passendes Geschenk suchen. Für Anna-Lisa hatte ich bereits in dem Buchladen im Dorf eine Mappe mit besonders hübschem Briefpapier mit Pferdekopfmotiv gekauft. Es würde ihr hoffentlich gefallen. Ich wusste nicht, ob sie eine große Briefschreiberin war.

Das Wochenende ging rasend schnell vorbei und Anna-Lisas Geburtstag kam.
Ich wurde früh geweckt, indem jemand energisch an meine Zimmertür klopfte. Als ich mich verschlafen aufrichtete und zur Tür blinzelte, sah ich, wie diese gerade geöffnet wurde und ein kleiner Flachskopf in mein Zimmer schaute.

»Pst!«, machte Nils und legte einen Finger an die Lippen. Nisse schlängelte sich zwischen seinen Beinen hindurch, sprang schnurrend auf mein Bett und rollte sich an meinen Füßen behaglich zusammen.
Ich warf ihm nur einen kurzen Blick zu.
»Was ist los?«, wisperte ich.
»Komm mit, wir wollen jetzt Anna-Lisas Torte abholen«, flüsterte Nils, zog sich zurück und schloss erstaunlich behutsam die Tür.
Ich unterdrückte ein Lachen. Zwar verstand ich nicht, weshalb ich unbedingt dabei sein musste, wenn die Torte abgeholt wurde. Dennoch schwang ich meine Beine aus dem Bett, was Nisse mit einem beleidigten Fauchen zur Kenntnis nahm. Aber ich hatte keine Zeit, mich um ihn zu kümmern. Blitzschnell zog ich mich an. Es war erst halb sieben.
Als ich die Küche betrat, stürzte Nils gerade ein Glas Kakao hinunter. Er deutete auf ein zweites Glas, das wohl für mich bestimmt war.
Während ich trank, kam Lasse vom Stall zurück.
»Fein, dass du mitkommst«, sagte er, »ich brauche dich.«
»Wozu denn?«, fragte ich erstaunt.
Er lachte unterdrückt. »Das wirst du schon sehen.«
Diesmal konnten wir nicht reiten. Wir nahmen Lasses Auto. Das Fahren auf der Straße war zunächst angenehm. Den letzten Kilometer aber mussten wir uns über holprige Feldwege vorwärts bewegen.
Nils und ich wurden auf unseren Sitzen hin und her geschüttelt. Wir alle waren froh, als wir ankamen.
Anna erwartete uns bereits. Im Stall hörten wir Karin schimpfen und Flippi wie verrückt kläffen.
»Hier ist die Torte«, sagte Anna fröhlich und öffnete den Kühlschrank.
Wir sahen zwei kleinere Torten und in der Mitte eine zweistöckige, viereckige, mit hellgelber Creme, Zuckerperlen und hellblauen und rosa Marzipanblüten verzierte Torte. Sie sah

so lecker aus, dass Nils ein lautes Schmatzen nicht unterdrücken konnte.
Behutsam nahm Anna die Torte aus dem Kühlschrank. »Seid bitte sehr vorsichtig«, ermahnte sie uns, als wir uns auf den Weg machten.
Lasse trug die kostbare Torte.
Anna drückte Nils noch ein kleines, flaches Päckchen in die Hand, ein Geschenk für Anna-Lisa. Beim Wagen angelangt, riss ich zuerst einmal alle Türen auf.
»Du musst zuerst einsteigen, Kaj«, ordnete Lasse an, »dann gebe ich dir die Torte. Nimm sie auf deinen Schoß, und halte sie gut fest.«
Ich nickte, krabbelte ins Auto und Lasse wuchtete die Torte auf meinen Schoß. Sie sah so köstlich aus, dass ich am liebsten gleich ein Stück probiert hätte. Nils hegte wohl ähnliche Gedanken; er versuchte, den großen Glasdeckel zu heben, um an die Creme zu gelangen, aber Lasse klopfte ihm sofort auf die Finger. Dann fuhren wir los, ganz langsam, im zweiten Gang, so vorsichtig wie möglich.
Ich umklammerte die Torte in ihrer durchsichtigen Verpackung, so gut ich konnte. Dennoch wurden wir beide ordentlich durchgeschüttelt. Lasse machte ein verbissenes Gesicht. Als wir uns endlich wieder auf der Landstraße befanden, atmeten wir heftig aus und mussten dann lachen. Das letzte Stück des Weges legten wir ohne nennenswerte Schwierigkeiten zurück.
»Jetzt weißt du, weshalb ich dich brauchte«, bemerkte Lasse viel sagend, als wir die Torte ins Esszimmer trugen.
Tante Gunhild hatte bereits Kaffee und heiße Schokolade gekocht und versah nun die Torte vorsichtig mit sechzehn zierlichen Kerzen.
Onkel Ivar arrangierte die Geschenke, und Lasse zündete eine dicke Kerze an, Anna-Lisas Jahreskerze.
»Und jetzt nach oben«, drängte Nils, »damit wir bald frühstücken können.«

Er dachte nur an die Torte!
Gemeinsam betraten wir leise Anna-Lisas Zimmer. Dann weckten wir sie mit einem im Chor gesungenen »Happy Birthday«. Sie gähnte und räkelte sich und blinzelte verschlafen zu uns hin, aber wir waren nicht sicher, ob dieses Aufwachen nicht nur Schau war und zum Spiel gehörte.
Ich konnte mir gut vorstellen, dass Anna-Lisa schon eine ganze Weile wach war.
Wir gratulierten ihr lachend, wünschten ihr alles Gute und verließen dann ihr Zimmer, um sie im Esszimmer zum Frühstück zu erwarten.
Normalerweise wurde in der Küche gefrühstückt, aber heute war ja ein besonderer Tag.
Als Anna-Lisa, fröhlich und aufgeräumt und mit vor Freude glühenden Wangen, herunterkam, konnten wir endlich von der Torte kosten. Sie schmeckte so gut, wie sie aussah. Ich hatte noch nie in meinem Leben etwas Besseres gegessen. So kam es mir jedenfalls vor.
Nach dem Mittagessen bestand Anna-Lisa darauf, zur Feier des Tages einen kleinen Ausritt zu unternehmen. Es war zwar noch immer heiß, aber ein frischer Wind wehte, der die Hitze fast vergessen ließ.
Die Pferde waren aufgekratzt und munter, beinahe, als spürten sie, dass heute ein Festtag war. Da der Schimmel uns so Leid tat, weil er immer allein zurückbleiben musste, schlug Anna-Lisa vor, ihn als Handpferd mitzunehmen.
»Was für eine verrückte Idee!« Lasse stöhnte. »Ich habe keine Lust, ihn zu führen.«
»Dann nehme ich ihn eben«, meinte Anna-Lisa und zog den erstaunten Schimmel aus dem Stall.
»Wie du willst«, meinte Lasse spöttisch, »aber ärgere dich dann nicht, wenn dir der Spaß an unserem Ritt gründlich verdorben wird.«
»Wieso, was hast du vor?«, fragte Anna-Lisa ihren Bruder absichtlich missverstehend.

Wir ritten los, der Schimmel trabte an Duvans Seite, mehr erstaunt als begeistert. Je weiter wir ritten, desto verknitterter wurde seine Miene. Immer öfter blieb er stehen, um zu weiden, und zum Schluss bohrte er nur bockig seine Beine in den Boden und weigerte sich weiterzugehen.
»Lasse, was soll ich nur tun?«, klagte Anna-Lisa.
Lasse saß ungerührt in Ekos Sattel. »Das ist deine Sache«, sagte er liebenswürdig.
»Ach, du bist ein Ekel!« Nun wurde Anna-Lisa wütend. »Es hat keinen Sinn, wir müssen umkehren.«
Sie hatte Recht. Es war sinnlos, den Ausritt fortzusetzen. Der Schimmel hatte keinerlei Verständnis für unseren Ausflug. Eko begann bereits, ungeduldig am Boden zu scharren, und Duvan hüpfte hin und her, sodass Anna-Lisa, die eisern des Schimmels Führseil umklammerte, fast aus dem Sattel gezogen wurde. Selbst Chérie wurde ungeduldig und schlug heftig mit dem Kopf. Ich klopfte ihr beruhigend den Hals, und sie kaute aufgeregt auf dem Gebiss.
Nur Kalle war die Ruhe selbst. Er hatte den Kopf gesenkt, um am Waldrand ein wenig zu grasen. Nils thronte auf seinem runden Rücken wie ein Pascha und verfolgte die Szene mit überlegenem Blick.
»Also gut, kehren wir um.« Lasse wendete seinen Eko und trabte den Weg zurück, den wir gerade gekommen waren. Nils und ich folgten.
Als der Schimmel bemerkte, dass es heimwärts ging, startete er mit einem gewaltigen Bocksprung. Duvan folgte, und Anna-Lisa wäre um ein Haar das Führseil entglitten. Für den Schimmel gab es nun kein Halten mehr. Schnaufend und schwitzend galoppierte er Richtung Heimat.
»Er reißt mir den Arm aus«, beschwerte sich Anna-Lisa. »Ich kann ihn nicht mehr halten.«
Lasse erbarmte sich schließlich. »Komm, überlass ihn mir. Ich führe ihn das letzte Stück.«
Er wollte nach dem Strick greifen, aber Anna-Lisa ließ das

Ende zu früh los, und der Strick baumelte vom Halfter des Schimmels zu Boden. Ehe Lasse reagieren und danach angeln konnte, hatte auch der Schimmel die Lage richtig erkannt. Er warf sich herum und steuerte auf geradem Weg den heimatlichen Stall an: mitten durch ein Haferfeld auf die Landstraße.

»Du liebe Güte!«, rief Lasse ärgerlich aus. Sein Pferd sprang und bockte unter ihm, weil es dem Stallgenossen folgen wollte, und Duvan wieherte wie verrückt. Nun fing auch Chérie an, herumzuhüpfen und gegen die Hand zu gehen. Kalle buckelte, um Nils loszuwerden, aber Nils klemmte im Sattel wie ein echter Cowboy und ließ sich nicht abschütteln. In der Ferne hörten wir des Schimmels Hufe in eifrigem Dreitakt die Straße entlangklappern.

»Es hat keine Sinn, ihm zu folgen«, erkannte Lasse. »Er läuft sicher direkt in den Stall. Glücklicherweise ist die Straße kaum befahren. Lasst uns auf dem schnellsten Weg nach Hause reiten.«

In flottem Trab ritten wir den Feldweg entlang. Eko war nassgeschwitzt vor Aufregung, während Chérie sich mittlerweile wieder beruhigt hatte. Wir überquerten die Straße und ritten die heimatliche Auffahrt hinauf. Tatsächlich stand der Schimmel bereits schweißüberströmt, ansonsten aber unverletzt im Obstgarten.

Tante Gunhild schaute besorgt aus dem Wohnzimmerfenster.

»Was ist denn geschehen?«, wollte sie wissen.

»Och, nichts weiter«, behauptete Lasse. »Anna-Lisa hatte nur mal wieder einen ihrer seltsamen Einfälle.«

Anna-Lisa warf ihm einen wütenden Blick zu, zog es aber vor zu schweigen.

Als am Nachmittag Anna-Lisas Freunde und Verwandte kamen, hatten wir den Zwischenfall vergessen.

Wir aßen den Rest der Torte, außerdem frischen Apfelkuchen und einen Kaffeekranz. Abends wurde gegrillt. Im Obstgarten hingen bunte Lampions, und wir feierten und lachten bis in die Nacht hinein. So wurde es doch noch ein rundum gelungener Geburtstag.

Am Freitagabend trafen wir uns dann alle in der Reiterklause, um Björns zwanzigsten Geburtstag zu feiern. Ich hatte gehofft, Birger noch zu sehen, aber er und Finfin kamen nicht. Womöglich würden sie doch erst am nächsten Tag eintreffen. Björns Feier war herrlich gemütlich, lustig und freundschaftlich. Ich war glücklich dazuzugehören.

Aufregung beim Ponyturnier

Als Anna-Lisa und ich am nächsten Morgen das Frühstücksgeschirr spülten, wurden wir durch lautes Motorengeräusch aufgeschreckt. Gleichzeitig ertönte ein ganz anderer Lärm: Es klang, als schlage jemand mit einem schweren Hammer gegen eine Holzkiste. Aufgeregt liefen wir ans Fenster und blickten hinaus.
Auf der Kies bestreuten Auffahrt hielt ein kleiner Lastwagen. Ein dicker, kahlköpfiger Mann und ein kleiner, dicklicher Junge mit karottenroten Haaren waren dabei, ein Pferd auszuladen.
»Das sind Birger und sein Vater mit Finfin«, erklärte Anna-Lisa und warf das Geschirrtuch in schwungvollem Bogen auf den Tisch. »Komm mit!«
Als wir den kleinen Lastwagen erreichten, hatte Nils sich bereits eingefunden. Nisse umstreifte Birgers Beine und schaute uns aus seinen grünen Augen entgegen. Er schnurrte leise, aber Birger beachtete ihn gar nicht, sondern widmete sich seinem aufgeregten Pony. Finfin umtanzte Birgers Vater, schüttelte wie wild den Kopf und wieherte so laut und durchdringend, dass wir uns alle die Ohren zuhielten.
Onkel Ivar kam auf den Balkon. »Was zum Teufel ist hier los?«, rief er.

Auch Lasse trat aus dem Haus, und die Pferde galoppierten in breiter Front zum Gatter und begrüßten ihren lange vermissten Kameraden mit ohrenbetäubendem Gewieher.
»Da seid ihr ja wieder, hej«, grüßte Lasse und lachte. »Nur ihr könnt so einen grauenvollen Lärm machen.«
Jetzt kam ich erst dazu, Birger und Finfin ein wenig genauer zu betrachten. Birger wirkte noch sehr jung. Er sah aus wie zwölf, höchstens dreizehn. Niemals hätte ich gedacht, dass er schon sechzehn war. Er war auch recht klein, kleiner als ich, und sehr rund. Sein leicht gebräuntes Gesicht und seine Arme waren mit roten Sommersprossen übersät.
Meine Blicke glitten weiter zu Finfin.
Dieses Pony war wirklich einen intensiven Blick wert. Finfin war ganz und gar verrückt gebaut.
Er war etwa einsvierzig groß und hatte den Körper und die stämmigen Beine eines Kaltbluts. Seine Kruppe war mächtig und gespalten, sein Hals kurz und speckig. Und auf diesem massigen Körper saß ein kleiner, beinahe zierlicher Kopf mit großen Augen und winzigen Mauseöhrchen, der an den Kopf eines Arabers erinnerte.
Etwas in Finfins Blick sagte mir, dass er sehr eigensinnig und ungebärdig sein konnte. Auch seine Färbung war sehenswert: ein mattes Schwarz, von dunkelbraunen, verschwommenen Flecken durchzogen.
Noch nie hatte ich ein solches Pony gesehen.
Endlich gelang es Birger und seinem Vater Finfin so weit zu beruhigen, dass sie ihn zur Koppel führen konnten.
Finfin zog die beiden hinter sich her und warf sich gegen das Gatter. Als Lasse es öffnete, drängten alle anderen Pferde heraus. Anna-Lisa und ich wedelten heftig mit den Armen, und die Tiere sprangen wieder zurück. Nur dem kleinen, flinken Kalle gelang es zu entkommen.
Finfin stürzte jetzt in die Koppel, wir schlossen aufatmend das Gatter und blickten uns nach Kalle um, der zwischen den Obstbäumen herumbockte.

Alle waren in heller Aufregung. Schließlich schaffte Nils es, sein Pony wieder einzufangen und zu den anderen Pferden in die Koppel zu schieben.
Birgers Vater trank im Haus mit Onkel Ivar und Tante Gunhild eine Tasse Kaffee. Währenddessen unterhielten sich Lasse und Birger über das bevorstehende Ponyturnier. Sie kamen überein, gegen halb acht hier loszufahren und dann Karin und Filur abzuholen.
»Wenn Filur sich gut verladen lässt, sind wir um neun auf dem Turnierplatz«, vermutete Lasse. »Die erste Klasse, in der einer von euch startet, beginnt um zehn.«
»Gut«, meinte Birger, »dann also bis morgen.« Sein Vater kam aus dem Haus und die beiden fuhren ab.

Am nächsten Morgen war Birger bereits sehr früh im Stall. Er striegelte Finfin, bis er glänzte, verzichtete aber darauf, die lange, dicke Mähne einzuflechten. Wir verstauten Finfins Sattelzeug im Kofferraum von Lasses Auto und begannen dann, Finfin zu verladen. Er betrachtete den Anhänger kurz und nachdenklich, so, als habe er keine Lust, seine vierbeinigen Kameraden schon wieder zu verlassen. Dann aber trottete er gutwillig die Rampe hinauf. Schnell und erleichtert schlossen Anna-Lisa und ich die Klappe.
»Das ging ja prima«, frohlockte Lasse und warf einen Blick auf die Uhr. »Lasst uns gleich zu Anna fahren.«
»Warte!«, rief Anna-Lisa da. »Ich habe aus Versehen meine Reithose angezogen.«
»Und wenn schon«, erwiderte Lasse ungeduldig, »damit wirst du bei einem Turnier sicher nicht auffallen.«
Also wuchteten wir unseren Picknickkorb in den Wagen und stiegen ein. Nils quengelte, weil wir ihn auf dem Rücksitz in die Mitte nahmen.
Aber als Anna-Lisa ihm drohte, dass wir ihn ganz zu Hause lassen würden, gab er endlich Ruhe.
Die Fahrt dauerte nur wenige Minuten. Karin und Filur stan-

den bereits vor dem Stall bereit. Auch Filur war sauber gebürstet, und Karin sah in ihrer beigen Reithose und mit ihrem dunkelblauen Pullover über einer hellen Bluse recht flott aus. Wir verstauten auch ihre Sachen im Kofferraum und wollten dann Filur einladen. Finfin benahm sich wie ein Verrückter, er wieherte und tobte, als wolle er den Hänger in Stücke schlagen. Auch Filur begann nun, zu tänzeln und zu wiehern.
»Schnell, beeilen wir uns«, drängte Anna-Lisa. »Dieses Gewieher ist ja nicht zu ertragen.«
Lasse nickte zustimmend und öffnete die rückwärtige Klappe. Dann musste er einen enormen Satz machen, um sein Leben zu retten.
Wie der Teufel aus der Kiste kam nämlich Finfin plötzlich rückwärts die Rampe heruntergeschossen, glitt aus und wäre beinahe gestürzt.
»Auch das noch!«, rief Lasse verärgert.
Immerhin wäre er um ein Haar von Finfin niedergetrampelt worden.
Und auch wir anderen hatten einen ordentlichen Schreck bekommen.
»Weshalb habt ihr denn die Sicherheitsstange nicht vorgehängt?«
Anna-Lisa und ich warfen uns schuldbewusste Blicke zu.
»Und wieso hat Birger sein Pferd nicht angebunden?«, murmelte Anna-Lisa dann bockig.
Lasse beachtete uns nicht weiter.
Es war ihm gelungen, Finfins Führseil zu erwischen, bevor das Pony über alle Berge war.
Filur spielte sich nun mächtig auf und trampelte herum. Es war ein heilloses Durcheinander. Anna stand an der Haustür und beobachtete uns verwundert.
»Habt ihr Schwierigkeiten?«, wollte sie wissen.
»Aber nein, wie kommst du darauf?« Lasses Stimme klang ironisch. Er gab Finfin wieder an seinen Besitzer ab, der das Pony behutsam über die Rampe ins Innere des Wagens führte.

Finfin machte zwar keine Schwierigkeiten, aber seine Augen hatten einen seltsamen Glanz.
Dann war Filur an der Reihe. Hatten wir erwartet, dass er dem Kameraden ohne weiteres nachstapfen würde, mussten wir nun erkennen, dass wir uns geirrt hatten. Filur schnaubte entsetzt, prustete und tanzte dabei mit aufgerissenen Augen vor der Rampe herum.
Karin tat ihr Möglichstes, aber leider vergebens.
»Wir versuchen es am besten mit einer Longe, die wir um Filurs Hinterteil spannen«, schlug Anna-Lisa vor.
Lasse warf einen nervösen Blick auf die Uhr. Eigentlich hätten wir längst wegfahren müssen.
Ich holte eine Longe aus dem Kofferraum. Wir befestigten das eine Ende seitlich am Hänger, und Lasse führte das andere Ende um Filur herum.
Karin machte bereits ein Gesicht, als wolle sie ihr Pony im nächsten Moment einfach stehen lassen und davonstürzen. Sie war aufgebracht, und ihre Augen blitzten. Finfin war kurz davor, den Hänger auseinander zu nehmen. Es machte ihn rasend, dass Filur ihm nicht nachkam, sondern draußen herumtanzte. Er war schweißgebadet. Er rollte die Augen und trampelte herum wie ein Verrückter.
Lasse sah aus, als wolle er beide Ponys am liebsten auf den Mond schießen.
Endlich hatte Filur ein Einsehen und ließ sich mit Hilfe der Longe in den Hänger verfrachten. Schnell hakten wir die Sicherheitsstange ein und schlossen die Klappe. Der Hänger begann unheimlich zu rumpeln und zu schwanken, als Finfin und Filur einen Streit anzettelten. »Nichts wie weg«, sagte Lasse da. »Wenn wir erst fahren, werden sie still stehen. Wo bleibt denn Karin?«
Da kam sie, verschwitzt und hochrot im Gesicht, aus dem vorderen Türchen gekrabbelt.
Aufatmend stellten wir fest, dass wir tatsächlich abfahren konnten. Aber halt...

»Wo steckt denn Nils?«, fragte Anna-Lisa da.
Wir sahen uns ratlos um. Ja, wo war Nils geblieben?
»Das ist doch zum Aus-der-Haut-Fahren!«, rief Lasse und raufte sich buchstäblich das Haar. »Er kann doch nicht schon wieder verschwunden sein ...«
Der Hänger erzitterte nun noch stärker, die Ponys vollführten einen Höllenspektakel. Da endlich kam Nils angestürzt, in der Hand ein Riesenstück Nusskuchen, unterm Arm ein kleines Päckchen.
»Ich war bei Anna«, erklärte er uns mit vollen Backen. »Sie hat mir auch für euch Kuchen mitgegeben.«
Doch nicht einmal diese Nachricht konnte Lasse aufheitern.
»Los jetzt!«, befahl er und zu sechst quetschten wir uns in den Wagen. Anna winkte uns nach und wünschte uns viel Spaß.
Ich zweifelte mittlerweile daran, ob dieses Ponyturnier wirklich nur unterhaltsam sein würde ...
Am frühen Morgen hatte es ausgesehen, als würde das Wetter ganz gut werden.
Aber mittlerweile war ein unangenehm scharfer Wind aufgekommen, der dunkle Wolkentürme über einen grauweißen Himmel jagte. Es war kalt und sah nach Regen aus. Auch das noch! Ein Turnier im Regen kann ungemein trostlos sein.
Als wir den Turnierplatz erreichten, fielen gerade die ersten Tropfen. Wenig begeistert stiegen wir aus.
Neben uns, vor uns und hinter uns parkten in langer Reihe Transporter. Einige sahen so baufällig aus, als könnte der Wind sie davonwehen.
Andere wirkten beinahe professionell. Wir standen auf einer ausgedehnten, grünen Wiese, vor uns verlief ein schmaler Waldstreifen. Jenseits des kleinen Wäldchens schien sich der Turnierplatz zu befinden.
Lasse überlegte. »Ihr beide«, wandte er sich dann an Anna-Lisa und mich, »könnt die Meldestelle suchen und die Nummern der Ponys abholen. Ich helfe Karin und Birger beim Ausladen und Satteln.«

Wir stimmten zu. Nils schloss sich uns an, und zu dritt stiefelten wir durch den leichten Sprühregen, der mittlerweile eingesetzt hatte. Wir durchquerten das Wäldchen und blieben dann zunächst einmal erstaunt stehen. Der Turnierplatz, der sich vor uns erstreckte, war aber auch sehenswert!
Auf einem weiten grünen Rasenplatz standen die farbenprächtigsten, nagelneuen Hindernisse, die man sich vorstellen konnte. Daneben lag ein von Bäumen gesäumter Abreiteplatz. Etwas abseits schloss sich ein Dressurviereck an, dessen weiße Umrandung nur so blitzte. Rundherum waren große Blumenkästen und -kübel aufgestellt, aus denen es rot und gelb leuchtete.
Auch der Abreiteplatz neben dem Viereck war von Bäumen gesäumt. Überall wehten kleine Fähnchen, die Anlage war tadellos sauber und sehr gepflegt, die Zuschauerbänke waren weiß gestrichen, und aus dem großen Zelt drangen verführerische Düfte.
»Du liebe Güte«, murmelte Anna-Lisa staunend, »die Anlage wirkt so perfekt, dass man hier glatt die Schwedischen Meisterschaften abhalten könnte.«
»Die Konkurrenz wird dementsprechend sein«, kommentierte ich respektvoll.
»Ob Birger und Karin da eine Chance haben?«, fragte Nils mit blitzenden Augen. Er hüpfte in eine kleine Pfütze, dass das Wasser nur so spritzte.
Einige Ponyreiter ritten an uns vorbei.
Manche Ponys waren tadellos gepflegt und eingeflochten, und ihre Reiter trugen schwarze Reitjacken und blütenweiße Reithosen.
Einige andere Tiere wirkten, als habe man sie erst am Morgen unter viel Mühe auf der Weide eingefangen und gleich aufs Turnier verfrachtet, und ihre kleinen Reiter saßen schlampig im Sattel.
Dann gab es auch einige, die nett und adrett wirkten und uns gleich sympathisch waren.

Anna-Lisa versetzte mir einen leichten Rippenstoß. »Los, wir müssen die Meldestelle suchen.«
Gemeinsam gingen wir weiter. Aber wir waren schwer beeindruckt und konnten uns gar nicht satt sehen.
Auf dem Rückweg entdeckten wir das große Oval der Rennbahn, die hinter dem Parcours angelegt war. Daneben lag ein Sandplatz, auf dem gerade der zweite Wettbewerb des Tages, ein Reiterspiel, stattfand.
Die Dressurprüfung würde als Nächstes drankommen. Dazu hatten sowohl Birger als auch Karin gemeldet. Karin musste als Erste an den Start, Birger war achter Reiter.
Wir mussten uns also wirklich beeilen. Die beiden brauchte ja Zeit, um ihre Ponys abzureiten.
»Na endlich«, begrüßte uns Lasse, als wir wieder beim Hänger anlangten, mittlerweile ganz durchnässt und ziemlich verfroren. Die beiden Ponys waren bereits gesattelt. Auch sie waren nass bis auf die Haut und machten griesgrämige Gesichter.
»Filur hasst Regen«, klagte Karin. »Ich möchte am liebsten gar nicht reiten. Er wird doch miserabel gehen.« Die üblichen Klagen vor einem Start! Auch Birger wirkte nicht gerade zuversichtlich.
Lasse machte ein grimmiges Gesicht. »So, drücken wollt ihr euch? Das könnte euch so passen. Los, rein in den Sattel. Ich werde euch in die Mangel nehmen.«
Birger saß auf, aber Karin hatte wieder einmal Schwierigkeiten mit Filur. Er drehte sich so wild im Kreis, dass sie den Fuß nicht in den Bügel setzen konnte. Schließlich hielt Lasse ihn fest, sodass Karin aufsitzen konnte. Kaum hatte er Filurs Zügel losgelassen, schoss er buckelnd davon und verschwand zwischen einigen Bäumen. Wir hörten Karin laut schimpfen und tauschten einen viel sagenden Blick. Als wir das Wäldchen durchquert hatten, entdeckten wir unsere Schützlinge allerdings wohlbehalten auf dem Abreiteplatz, inmitten einiger anderer Ponys. Die Dressurprüfung sollte in einer

Viertelstunde beginnen, und Karin blieb wirklich kaum Zeit zum Abreiten.

»Wie schade, dass das Turnier so verregnet ist«, meinte Anna-Lisa bedauernd. Wir standen am Abreiteplatz und beobachteten fasziniert die anderen Ponys, während Lasse Karin und Birger noch schnell ein wenig Unterricht gab. »Kannst du dir vorstellen, wie wunderbar diese Anlage im Sonnenschein aussehen muss?«

»Ich kann mir vor allem vorstellen, wie wunderbar ich mich fühlen würde«, versetzte ich trocken. Die Kapuze an meiner leichten Jacke taugte nicht viel. Meine Haare waren so nass wie mein restliches Ich. Aus dem Sprühregen war eine wahre Sintflut geworden; Ponys, Reiter und Zuschauer trieften nur so vor Nässe.

»Lass uns doch ins Zelt gehen«, schlug Anna-Lisa vor. »Ich finde es grässlich, hier zu stehen.«

Aber natürlich rührte sie sich nicht vom Fleck. Nach einigen Minuten kamen zwei Preisrichter mit griesgrämigen Mienen dahergestapft. Ihre Schuhe und Hosenbeine waren Schlamm verspritzt. Eine elegante Dame trippelte hinter den beiden her und hielt einen riesigen schwarzen Regenschirm über sie. Richter muss man ja immer irgendwie bei Laune halten.

Die beiden wirkten allerdings, als sei ihnen die Laune längst vergangen.

Erst, als sie in dem hölzernen Richterhäuschen an der einen Schmalseite des Vierecks saßen, heiterten sich ihre Mienen ein wenig auf. Die Dame trippelte davon, um kurz darauf mit einer großen Thermosflasche und zwei Bechern zurückzukommen. Minuten später schlürften die Richter heißen Tee, beobachteten die Reiter auf dem Abreiteplatz und tauschten Bemerkungen aus. Die Dame, mittlerweile durchnässt und schmutzig, nahm zwischen den Richtern Platz. Sie war die Protokollführerin.

»Der erste Reiter bitte bereithalten!«, donnerte dann einer der Richter.

»Hilfe, das bin ich!« Karin wurde blass. Sie schob sich die Kapuze zurecht, von deren Schirm das Wasser tropfte. Filur machte ein so verdrossenes Gesicht, dass wir befürchteten, er würde das Viereck nicht betreten.
»Nur Mut!«, riefen wir Karin zu.
Lasse begleitete sie bis zum Rand des Vierecks und gab noch einige gute Ratschläge. Der Beginn der Prüfung verzögerte sich um einige Minuten, bis endlich ein junger Mann auftauchte, der die Dressuraufgabe vorlesen sollte.
»Ein Glück!«, meinte Lasse dazu. »Karin ist jetzt unfähig, sich das Dressurprogramm zu merken.«
Dann ging es los.
Von Anfang an ahnten wir, dass Karin Schwierigkeiten mit ihrem Pony haben würde. Filur wollte nicht vorwärts gehen und machte mehrmals Anstalten, stehen zu bleiben. Im Trab warf er sich widerwillig gegen den inneren Schenkel, und Karin schaffte es nicht, ihn ordentlich am Zügel zu halten. Den Trabteil brachten die beiden noch leidlich hinter sich. Dann folgte das Galopp-Programm.
»Oje!« Anna-Lisa seufzte, als es Karin endlich nach vielem Schnalzen gelungen war, Filur anzugaloppieren. »Kreuzgalopp!«, rief sie.
»Und Karin merkt es nicht einmal.« Lasse stöhnte und wandte das Gesicht ab.
Wieder Trab, Handwechsel, erneutes Galoppfassen. Filur scheute vor einer Pfütze und fiel aus. Karin trieb ihn erneut in Galopp. Sie benutzte die Gerte, worauf Filur auch prompt ausschlug. Karin verlor einen Steigbügel. Zum Schluss hielt sie auch noch im Mittelpunkt statt vor den Richtern.
Sie war den Tränen nahe und krebsrot im Gesicht, als sie Filur auf die wenigen Dressurhindernisse zulenkte. Filur hopste widerwillig darüber, und dann hatten die beiden es glücklicherweise geschafft.
»Das war schrecklich«, sagte Karin, als sie sich dann wieder zu uns gesellte.

»Da möchte ich dir nicht unbedingt widersprechen«, war Lasses Kommentar.
Karin sprang vom Pferd. »Ich werde nicht mehr reiten. Ich möchte nach Hause.«
»Natürlich wirst du noch reiten«, bestimmte Anna-Lisa.
»Werde ich nicht«, fauchte Karin, von einer Sekunde zur nächsten wieder wütend geworden. »Ich habe die Nase gestrichen voll.«
»Wie du willst«, versetzte Lasse kühl. »Aber leider musst du warten, bis Birger auch seine letzte Prüfung geritten ist. Wir werden den ganzen Tag hier bleiben.«
»Ihr seid gemein!«, rief Karin zornig und zerrte Filur hinter sich her, als sie im Laufschritt zum Hänger zurückeilte.
Ich sah ihr fassungslos nach. Wie konnte sich ein Mensch nur so hysterisch benehmen!
Ich verstand Karin nicht.
Nun wandten wir uns wieder den anderen Reitern zu. Da war ein hübsches Welsh-Pony, das seine Aufgabe tadellos erledigte, obwohl seine Reiterin einen ausgesprochen schlampigen Sitz hatte.
Dann folgten drei mittelmäßige Ponys.
Die Nummer sechs war ein unglaublich fettes Fjordpferd, geritten von einem kleinen Jungen in schwarzem Reitrock. Der Junge beherrschte das Pferd überhaupt nicht. Er schaffte es nicht einmal anzugaloppieren. Seine Wertnote lag schließlich auch noch einige Punkte unter der von Karin. Auch das siebte Pony zeigte eine mäßig Leistung.
Und dann war Birger an der Reihe.
Finfin glänzte pechschwarz vor Nässe. Birgers weiße Reithose wirkte ebenfalls ganz dunkel. Beide waren von oben bis unten mit Schmutz bespritzt. Sie gaben nicht gerade ein perfektes Bild ab. Aber die übrigen Ponys und ihre Reiter sahen auch nicht viel besser aus.
Lasse hatte mittlerweile einen Schirm aufgetrieben, unter dem wir uns eng aneinander drückten. Trotzdem fühlte ich,

wie mir das Wasser übers Gesicht lief, wie es in meine Schuhe eindrang. Brrr! Ich schüttelte mich. Könnte man jetzt gemütlich zu Hause sitzen!
Ich verwarf diesen Gedanken und bemühte mich, Birger und Finfin zuzuschauen.
Überraschenderweise begannen die beiden recht viel versprechend und mit großem Elan. Finfin, den der Regen überhaupt nicht störte, platschte, ohne mit der Wimper zu zucken, durch den weichen, durchnässten Boden. Birger hatte ihn gut am Zügel und ritt energisch und konzentriert. Bis auf einige kleine Patzer beim Schenkelweichen und beim Galoppwechsel kamen die beiden durchaus gut durchs Programm.
»Endlich einmal ein Lichtblick.« Lasse seufzte erleichtert und freudig überrascht.
Nach der abschließenden Grußaufstellung standen nur noch die Pflichthindernisse aus.
Birger ritt das erste Hindernis an – und Finfin brauste doch tatsächlich daran vorbei.
Das durfte doch nicht wahr sein! Auch beim zweiten Mal verweigerte Finfin den Sprung. Birger gab ihm einen Klaps, und da raste Finfin in wildem Galopp davon, verschwand aus der Bahn und preschte durch den kleinen Wald, der ihn verschluckte.
Wir blickten einander an und schluckten schwer.
»Hol's der Teufel«, murmelte Nils und drückte damit aus, was wir alle dachten.
»Der Reiter wird disqualifiziert«, tönte die unbeteiligte Stimme des Ansagers aus dem Lautsprecher.
Schweigend machten wir uns auf die Suche nach Birger und seinem Pony.
Die beiden waren inzwischen beim Hänger angekommen. Birger wirkte zornig und enttäuscht.
Finfin hatte wieder einmal mehr jenes gewisse Funkeln in den Augen, das anzeigte, wie zufrieden er mit sich selbst und seiner Leistung war.

Als Karin hörte, wie es Birger ergangen war, heiterte sich ihre mürrische Miene sofort auf.
Sie war plötzlich sogar bereit, zum Rennen und zum Springen anzutreten. Ich verstand ihren unerwarteten Stimmungswechsel nicht.
Wir sahen noch den restlichen Dressurvorführungen zu. Nachdem Birger sein Pony in den Hänger gestellt hatte, gesellte er sich sogar zu uns. Er versuchte, sich seine Enttäuschung nicht anmerken zu lassen. Aber etwas niedergeschlagen und bedrückt wirkte er schon. Immerhin hatte er gute Chancen gehabt, platziert zu werden.
Wir sahen noch einige recht ansprechende Leistungen. Aber dann kam das letzte Pferd in dieser Konkurrenz auf den Platz, ein brauner Ponyhengst, etwa so groß wie Finfin. In seinem Sattel saß ein langbeiniger Junge in perfekter Turnierkleidung. Atemlos verfolgten wir die Vorführung der beiden.
Es war, als könne dieses Paar einfach keine Fehler machen. Auch die wenigen Hindernisse nahmen die beiden in wunderschönem Stil.
»Respekt, Respekt«, lobte sogar Lasse. »Dies ist wirklich keines der vielen Wischiwaschi-Turniere. Hier sind erstklassige Ponys am Start.«
Mit neidvollen Blicken verfolgte Birger die Platzierung und die Ehrenrunde, bei der die Ponys sich gegenseitig schwere Schlammbrocken überschleuderten. Wenn Finfin gesprungen wäre – vielleicht ...
Aber es war müßig, jetzt noch darüber nachzudenken. Gleich nach der halbstündigen Mittagspause sollte das Ponyspringen beginnen. Es gab eine gemeinsame Bahn für A- und B-Ponys, dann eine für C-Ponys, zu denen Filur zählte, und eine für die großen D-Ponys, bei denen Finfin antreten musste.
Während der Mittagspause gingen wir ins Festzelt, um heiße Würstchen zu essen. Draußen strömte der Regen eintönig und trist. Nur die leichten bunten Hindernisse brachten ein wenig Stimmung in das trübe Bild.

»Finfin wird dreimal verweigern und ausscheiden«, sagte Birger plötzlich. Wir schauten ihn an.
»Ach«, meinte Anna-Lisa nach einer Weile aufmunternd, »das kannst du doch jetzt noch nicht wissen.«
»Doch«, behauptete Birger prompt. »Ich kenne ihn. Ich schaffe es nicht, ihn zum Springen zu bewegen.«
»Wir werden ja sehen«, beruhigte Lasse den Freund, »du hast noch Zeit, zuerst springen die kleinen Ponys, dann kommt Karins Klasse. Ich kümmere mich schon um Finfin. Es wäre doch gelacht, wenn wir ihm nicht doch noch Beine machen könnten.«
»Filur wird springen«, behauptete Karin überzeugt. Ich fragte mich, woher sie plötzlich diesen Optimismus nahm.
Aus Karin konnte man nicht schlau werden.
Als das Springen begann, ließ der Regen ein wenig nach. Es tröpfelte zwar noch unangenehm, und schwere Wolkenberge türmten sich, zusammengetrieben von dem heftig wehenden Wind, aber hier und da blitzte ein Stückchen hellerer Himmel auf.
Das Springen der kleinen Ponys war für uns recht uninteressant. Es sprangen hauptsächlich Welsh- und Gotlandponys, aber wir kannten keines der Tiere oder ihre Reiter. Die Springprüfung zog sich endlos hin. Es waren etwa vierzig Ponys am Start. Endlich schlug Lasse Karin vor, Filur zu satteln und noch ein wenig abzureiten. Sie sollte in ihrer Klasse als drittletzte starten. Da aber überraschenderweise nur etwa fünfzehn C-Ponys gemeldet hatten, würde das recht bald sein.
Dann erschien Karin mit Filur am Abreiteplatz.
»Finfin tobt wie ein Verrückter«, erzählte sie. »Er wollte unbedingt Filur nachlaufen. Birger ist beim Hänger geblieben, um Finfin zu beruhigen.«
»Na, hoffentlich gelingt es ihm auch«, brummte Anna-Lisa zweifelnd.
Filur schien tatsächlich in Springlaune zu sein. Er platschte durch die Pfützen, dass das Wasser nur so spritzte.

»Seltsam«, wunderte sich Anna-Lisa, »eigentlich kann er Wasser nicht ausstehen.«
Filur schien unberechenbar zu sein, wie seine Reiterin. Lasse stellte sich neben einem der Probesprünge auf und ließ Pony und Reiterin mehrmals springen. Filur segelte über die Stangen, als kenne er kein schöneres Vergnügen.
Karin war überglücklich und strahlte über ihr ganzes schlammverspritztes Gesicht.
Unterdessen beobachteten Anna-Lisa, Nils und ich die Leistungen der anderen Reiter.
Es war erstaunlich, wie wenig mittelmäßige Ponys in den Springkonkurrenzen an den Start gingen. Einige der Tiere waren schlechthin unmöglich, andere aber wirklich fabelhaft. Dazwischen gab es fast nichts.
Ich bemerkte, wie Anna-Lisa den Jungen auf dem braunen Ponyhengst scharf beobachtete.
»Ich weiß«, sagte sie plötzlich. »Dieser Junge dort ist letztes Jahr bei den Ponymeisterschaften mitgeritten.«
»Was?«, staunte ich. »Und er geht hier an den Start?«
»Nun ja.« Anna-Lisa zuckte mit den Schultern. »Du dürftest mittlerweile ja schon bemerkt haben, dass wir hier nicht auf einem anspruchslosen Turnier ohne jedes Niveau gelandet sind.«
»Wo das Springen im Kartoffelacker stattfindet«, krähte Nils dazwischen.
Anna-Lisa lachte. »Erinnere mich nicht daran! Du bist dort beim Graben dreimal vom Pferd gefallen und dann ausgeschieden. Nein, wirklich«, fügte sie dann nachdenklich hinzu, »solche kleinen, schlecht organisierten Wettkämpfe können das Letzte sein.«
Wir sahen dem Jungen auf dem braunen Hengst zu, der ruhig und elegant eine fehlerfreie Runde hinlegte.
Dann war Karin an der Reihe.
Der Regen hatte noch einmal verstärkt eingesetzt. Lasse flüchtete unter unseren Schirm, als Karin in die Bahn einritt.

Wir konnten sie und Filur nur undeutlich erkennen. Filur schnaubte missgelaunt und begann, seine Hufe vorsichtiger zu setzen. Der rutschige Rasen behagte ihm nicht. Er machte ein mürrisches Gesicht und zog den Schweif ein.
»Da haben wir's«, klagte Anna-Lisa. »Er will nicht.«
»Es regnet ja auch so stark«, kommentierte Nils.
»Trotzdem! Gerade eben war er noch in Stimmung«, beharrte Anna-Lisa.
Wir sahen, wie Karin grüßte und auf den ersten Sprung zugaloppierte. Filurs Elan und Leistungsbereitschaft waren wie weggewischt. Er platschte mit angelegten Ohren schwerfällig durch den Regen. Er sah beinahe schwarz aus, so durchnässt war er.
Karin bot kein besseres Bild. Vor dem ersten Hindernis blieb Filur beinahe stehen. Karin trieb ihn mächtig an, und er hüpfte widerwillig darüber.
Kein Vergleich zu seinen fliegenden Sprüngen auf dem Abreiteplatz. So bewältigten die beiden etwa dreiviertel der Springbahn.
Anna-Lisa knetete aufgeregt die Hände.
»Sie können es schaffen«, murmelte sie, »sie können fehlerfrei bleiben.«
Nur noch zwei Hindernisse standen aus. Karin trieb und schnalzte, als gelte es das Leben. Filur sah aus, als wolle er gleich in Trab fallen.
Karin gab ihm einen Klaps mit der Gerte, und er schlug aus. Sie schlug noch einmal, und diesmal bremste Filur ab und machte einige wütende Bocksprünge. Danach wollte er an den Hindernissen vorbei auf den Ausgang zusteuern.
In diesem Augenblick hörte mit einem Mal der Regen auf. Wenige Tropfen fielen noch, dann verstummte das laute Prasseln. Wir blinzelten erstaunt zum Himmel. An einer Stelle riss die dichte Wolkendecke urplötzlich auf, und ein heller Sonnenstrahl schoss hervor.
Langsam ließen wir den Schirm sinken.

Auch Karin war verblüfft und blinzelte in die Sonne. Diese eine Sekunde nutzte Filur. Mit einem Ruck befreite er sich vom Zügel und donnerte quer über den Platz. Als Karin sich von ihrem Schrecken erholt hatte und ihn parieren konnte, hatten sie die Bahn bereits verlassen.
Lasse bedeckte sein Gesicht mit beiden Händen. »Das darf nicht wahr sein«, stöhnte er. »Ich glaube es nicht.«
Anna-Lisa seufzte tief. »Filur kann ein Maul aus Zement haben«, versuchte sie, Karin zu entschuldigen.
Aber Lasse ließ diesmal keine Entschuldigung gelten. Karin hatte geschlafen, unkonzentriert im Sattel gesessen – und das bei einem sturen, unberechenbaren Pony wie Filur. Was passiert war, hatte Karin sich selbst zuzuschreiben. Natürlich wurde sie disqualifiziert.
Wir eilten durch die Pfützen, in denen sich nun das Sonnenlicht spiegelte, zum Abreiteplatz. Karin, krebsrot im Gesicht, war aus dem Sattel geglitten. Ihre Augen funkelten vor Zorn. »Ich reite ihn nie mehr, nie mehr!«, schrie sie uns mit wütender Stimme entgegen.
Alle Leute sahen sich nach uns um.
»Mach hier keinen Aufstand«, sagte Lasse leise. »Sitz wieder auf und reite noch einige Runden Schritt, bis Filur sich beruhigt hat.«
»Ich denke nicht dran!«, fauchte Karin. »Und du hast mir gar nichts zu sagen!«
Mit diesen Worten drehte sie sich um und rannte einfach davon. Filur stand neben uns, mit baumelnden Bügeln, und machte ein missmutiges Gesicht.
Anna-Lisa beeilte sich, nach seinen Zügeln zu greifen, bevor er über alle Berge gehen konnte.
»So ein dummes, albernes Gör aber auch«, schimpfte Lasse. Er ärgerte sich.
Ich konnte Karin nur verwundert und entsetzt nachstarren. Noch nie hatte ich jemanden kennen gelernt, der so launenhaft und unausgeglichen war.

»Müssen wir ihr nicht nachlaufen?«, fragte Nils.
»Ach was, sie geht schon nicht verloren.« Lasse war wirklich wütend. »Komm, Nils, du kannst Filur ein wenig trocken reiten. Er ist nass und darf nicht stillstehen.« Nils krabbelte in den Sattel und lenkte Filur mit freudestrahlendem Gesicht über den Platz.
»Da kommt Birger«, meldete Anna-Lisa.
Birger musste in seiner Klasse als fünfter an den Start. Achtzehn Ponys waren gemeldet.
»Hej!«, rief er uns zu. »Ratet mal, was Finfin jetzt wieder angestellt hat!«
»O nein«, stieß Lasse fast gelassen aus. »Ich bin auf das Schlimmste gefasst.«
»Als er Filur nachwollte, versuchte ich, die Klappe zu schließen. Das ging auch ganz gut. Aber Finfin warf sich zurück und hat die Sicherheitsstange total verbogen. Ich bekam sie allein nicht mehr heraus. Ein Mann musste mir helfen. Wir haben sie mit einer Axt aus der Halterung schlagen müssen.«
Lasse ertrug die Nachricht mit stoischer Ruhe. Er war wohl entschlossen, sich über nichts mehr aufzuregen.
Während die Platzierung der C-Ponys anlief, kümmerte er sich um Birger und Finfin. Birger hatte Recht gehabt: Finfin war sauer und dickköpfig und wollte sich den Sprüngen nicht einmal mehr nähern.
»Lass mich mal drauf«, befahl Lasse schließlich.
Birger saß ab, Lasse bestieg das Pony und schlug die viel zu kurzen Bügel über.
Vor diesem Reiter schien Finfin Respekt zu haben.
Wahrscheinlich erteilte Lasse dem Pony nicht zum ersten Mal eine Lektion.
Zwar versuchte Finfin einige halbherzige Bocksprünge und wollte vor dem Probesprung zunächst zurückscheuen. Aber Lasses eiserne Schenkel ließen das nicht zu. Es gab kein Ausbrechen und kein Stehenbleiben.

Finfin erkannte wohl, dass er seinen Meister gefunden hatte, und setzte widerwillig, aber ohne Fehler einige Male über den Sprung.
»Jetzt du.« Lasse sprang zu Boden, Birger saß wieder auf. Aber sowie er die Zügel aufnahm, blitzte es in Finfins Augen auf, und der Tanz begann von vorne. Finfin galoppierte zwar halbherzig auf das Hindernis zu, bremste dann aber abrupt und schnaubte aufsässig.
»Du treibst ja auch nicht«, behauptete Lasse unwillig. »Du wirfst nur die Zügel weg und vergisst dabei, deine Schenkel zu benutzen.«
»Ach, es hat eben keinen Sinn«, meinte Birger verdrossen. »Ich lasse meinen Ritt streichen.«
»Das wirst du nicht«, erklärte Lasse bestimmt. »Los, wir versuchen es noch einmal.«
Aber nun wurde Birger widerspenstig. »Ich will aber nicht mehr. Reite du ihn doch, bei dir geht er ja.«
»Zufälligerweise bin ich über achtzehn und darf bei Ponyturnieren nicht mehr starten.« Lasses Stimme klang leicht gereizt. Es war ihm anzusehen, dass auch er nicht daran glaubte, dass Birger auch nur die geringste Chance hatte, mit Anstand über die Runden zu kommen.
Die Hindernisse für die D-Ponys sahen beeindruckend aus, und es waren fast nur erstklassige Tiere am Start. Plötzlich glitten Lasses Blicke weiter zu Anna-Lisa. Seine Augen leuchteten auf.
»Das hatte ich fast vergessen!«, rief er. »Richtig, so machen wir es.«
»Was meinst du?«, fragte Anna-Lisa verwirrt.
»Ganz einfach: Du wirst Finfin reiten«, bestimmte Lasse. »Du bist erst sechzehn – und außerdem hast du sogar deine Reithosen an.«
Wir alle starrten auf Anna-Lisa. Richtig, sie trug ihre neue dunkelblaue Reithose. Nicht gerade eine Turnierhose, aber immerhin …

»Finfin muss wissen, dass er sich nicht so einfach aus der Affäre ziehen kann«, sprach Lasse eifrig weiter. »Ich bin sicher, du wirst es mit ihm schaffen. Warte, ich sage schnell bei den Richtern Bescheid. Du bist doch damit einverstanden, Birger, oder?«
Birger stimmte nach kurzem Nachdenken zu. Lasse lief eilig zum Richterwagen. Wir sahen einander an.
»Ich kann doch unmöglich in einem rosa Sweatshirt reiten«, beschwerte Anna-Lisa sich dann. »Und Stiefel habe ich auch keine.«
»Du kannst meine haben«, schlug Birger vor. »Und das Sweatshirt ziehst du einfach aus. Du hast doch noch eine Bluse drunter.«
»Aber die ist auch rosa«, jammerte Anna-Lisa.
»Und wenn schon«, meinte ich. »Darauf kommt es im Augenblick nicht an.«
Die meisten anderen Reiter in dieser Klasse trugen korrekte Turnierkleidung, helle Hosen und eine Reitjacke. Aber wichtig war jetzt nur, Finfin über den Parcours zu bekommen. Er durfte auf keinen Fall glauben, sich alles erlauben zu können.
Lasse kam vom Richterwagen zurück. »Es geht klar«, meldete er. Seine Stimme klang zuversichtlich.
»Na prima«, knurrte Anna-Lisa. Sie zog sich das Sweatshirt über den Kopf und tauschte mit Birger Halbschuhe gegen Stiefel.
»Deine Schuhe sind so klein«, klagte Birger. »Ich quetsche mir die Zehen ein.«
Anna-Lisa fuhr in die feuchten Gummireitstiefel. Sie waren natürlich viel zu kurz und zu weit. Es sah komisch aus. Wir unterdrückten nur mühsam ein Lachen.
»Nass sind sie auch noch«, jammerte Anna-Lisa, »und so schlenkrig. Ich kann nur in Lederstiefeln reiten.«
»Ja, darin beweist sich der wahre Reiter«, spottete Lasse. »Beeil dich! Der erste Reiter ist schon am Start.«
Er scheuchte Anna-Lisa und Finfin einige Male über die Pro-

behindernisse. Zuerst ging es schlecht, dann etwas besser. Finfin schien wenigstens etwas Respekt vor seiner Reiterin zu haben.

Dann mussten die beiden an den Start. Wir verfolgten sie mit gespannten Blicken und angehaltenem Atem.

Anna-Lisa sah in ihrer Aufmachung wirklich alles andere als turniermäßig aus. Einige witzelnde Bemerkungen und vereinzeltes Gelächter wehten zu uns herüber.

Finfin fiel in Galopp und hielt auf das erste Hindernis zu, eine harmlos aussehende Hecke. Finfin schien nicht so zu denken. Er bremste und schlitterte über den nassen Rasen. Anna-Lisa gab ihm einen Klaps und er hob sich fast aus dem Stand über die Hecke.

Bei den nächsten drei Hindernissen ging es ebenso. Auf diese Art und Weise wirkte Finfins Springstil alles andere als elegant. Die bunten Hindernisse leuchteten einladend im Sonnenschein, die Pfützen spiegelten hell, blinkten beinahe freundlich.

Aber Finfin schien die stimmungsvolle Atmosphäre nicht zu beeindrucken. Er machte ein saures Gesicht, sprang bockig und schwerfällig.

»Es sieht grässlich aus«, fand Birger.

»Aber noch sind sie fehlerfrei«, wandte ich ein.

»Noch«, betonte Lasse, denn jetzt steuerten Pony und Reiterin auf die Mauer zu, das höchste Hindernis.

»Finfin mag keine Mauern«, erklärte Birger. Kaum hatte er es ausgesprochen, machte Finfin auch schon eine Vollbremsung, viele Meter vor dem Hindernis.

Er schnaubte und versuchte zu bocken, als Anna-Lisa ihn mit Schenkeln und Gerte weitertrieb. Schon sah es aus, als wolle er alle vier Füße in den Boden stemmen und versuchen, rückwärts auszuweichen.

»Spring, Finfin, spring schon!«, rief Birger aufgeregt.

Anna-Lisa gab Finfin einen Klaps mit der Gerte. Er wollte ausbrechen, und sie schlug ihn noch einmal, legte gleichzeitig

alle Kraft in den Schenkeldruck. Da machte Finfin tatsächlich einen hohen, verqueren Satz über die Mauer. Kein Stein fiel. Anna-Lisa verlor einen Bügel und beide Zügel, aber nun steuerte Finfin bereits in raschem Galopp auf den Ausgang zu. Das letzte Hindernis nahm er im Vorübergehen mit.
»Ohne Fehler!« Anna-Lisa strahlte, als sie uns entgegenkam, dabei wirkte sie müde und geschafft.
»Gut gemacht«, lobte Lasse. »Eigentlich bin ich dagegen, ein Pferd mit der Gerte über die Hindernisse zu scheuchen. Aber Finfin hat es gebraucht.«
»Du wirst ins Stechen kommen«, meinte Birger.
»Stechen? Hilfe! Davon wusste ich gar nichts.« Anna-Lisa wirkte wenig begeistert.
Gespannt verfolgten wir die Ritte der Konkurrenz. Nach dem ersten Umlauf waren fünf Reiter fehlerfrei geblieben. Nur fünf Reiter. Der Parcours hatte seine Tücken.
Einigen der Ponys konnte man mehr zutrauen.
Es war das reinste Wunder, dass Finfin absolut fehlerfrei geblieben war.
Karin kam zurück, um Filur abzuholen. Sie wirkte mürrisch und schlecht gelaunt. Lasse streifte sie mit keinem Blick. Er war noch immer verärgert über ihr Verhalten.
»Danke, dass du Filur trocken geritten hast«, murmelte Karin Nils zu.
Nils glitt aus dem Sattel. »Hab ich gern gemacht. Reitest du noch das Rennen mit?«
»Keine Lust«, versetzte Karin unwirsch. Dann bemerkte sie, dass Anna-Lisa auf Finfin saß. »Wieso reitest du Finfin?«
Sie staunte.
»Weil er bei Birger nicht springen wollte.«
Anna-Lisa wurde nervös. Sie versuchte sich die Bahn für den Stechparcours einzuprägen. Im Stechen musste sie gleich als zweite an den Start.
Finfin war gar nicht begeistert, als er erkannte, dass er noch einmal springen sollte. Er buckelte verärgert und zerrte zor-

nig an den Zügeln. Mit Ach und Krach brachte Anna-Lisa ihn über den ersten Sprung. Den zweiten verweigerte er, sprang dann aber im zweiten Anlauf. Den dritten Sprung schafften sie irgendwie, den vierten riss Finfin und dampfte dann am fünften vorbei. Noch einmal wendete Anna-Lisa und schaffte es mit einer letzten Kraftanstrengung, Finfin über das Hindernis zu bringen.

Sie war völlig erledigt, als sie zu uns zurückkehrte.

»Das waren dreizehn Fehler in fünfundvierzig Komma vier Sekunden«, ertönte die Lautsprecheransage.

»Fürchterlich«, meinte Anna-Lisa.

Von den fünf Ponys im Stechen hatte Finfin das schlechteste Resultat. Aber da alle Teilnehmer am Stechen platziert werden sollten, bekam Finfin doch eine Schleife.

Anna-Lisa erhielt eine kurze Springgerte und einen Umschlag mit dreißig Kronen als Preisgeld.

Während der Ehrenrunde buckelte Finfin und warf sich hitzig gegen den Zügel. Anna-Lisa sah aus, als sei sie heilfroh, dass die Siegerehrung endlich beendet war. Finfin hatte sich so aufgeregt, dass er schon wieder tropfnass war und zwischen den Hinterbeinen regelrecht schäumte.

»Hier, das gehört dir.« Anna-Lisa hielt Birger das Preisgeld entgegen.

»Nein, behalte es«, wehrte Birger großzügig ab. »Nur die Schleife hätte ich gern – für den Schleifenkasten.«

»Hat Finfin eigentlich schon oft gewonnen?«, fragte Nils ganz neugierig.

»Bis jetzt vier Rosetten«, antwortete Birger.

»Nun ja, die Schleife gehört jedenfalls dem Pferd«, meinte Anna-Lisa. »Obwohl Finfin ja nun wirklich nichts damit anfangen kann.«

Müde, aber halbwegs zufrieden, machten wir uns auf den Weg zum Hänger. Nils durfte Finfin zurückreiten. Seine mageren Beine waren viel zu kurz für den mächtigen, runden Ponyleib, aber er schien sich dennoch wohl zu fühlen. Birger

hatte beschlossen, ebenfalls auf das Galopprennen zu verzichten. Also konnten wir nach Hause fahren.
Wir alle waren müde und durchnässt. Anna-Lisa klapperte regelrecht mit den Zähnen. Während des Rittes hatte sie geschwitzt, jetzt fror sie wieder.
»Das gibt eine Erkältung«, prophezeite sie düster.
Karin bemühte sich verzweifelt, Filur zu verladen.
Das Pony war störrisch und wollte nicht einmal in die Nähe der Rampe gehen.
»Wo wart ihr denn nur?«, rief Karin uns entgegen. Sie war erhitzt und zornig. »Ich kann Filur nicht allein verladen.«
»Wir versuchen es wieder zuerst mit Finfin«, bestimmte Lasse. Also sattelten wir das Pony ab und legten ihm eine trockene Decke über. Diesmal musste Finfin auf die rechte Seite, weil die Sicherheitsstange links nicht mehr zu gebrauchen war. Finfin stapfte überraschend willig ins Innere des Wagens, und wir hängten die Stange ein. Birger band sein Pony fest, und nun beschäftigten wir uns mit Filur.
Wieder spannten wir die Longe um seine Hinterhand. Aber diesmal protestierte Filur wie wild. Er strampelte und warf sich zurück. Dabei verlor er das Gleichgewicht, glitt aus und fiel donnernd auf die Rampe.
Wir bekamen einen Riesenschreck, als er plötzlich zu unseren Füßen lag. Auch Finfin sprang mit allen vieren in die Luft und zerrte wie wild an seinem Halfter.
»Warum steht er nicht auf?«, jammerte Karin und starrte erschrocken auf ihr Pony.
Filur streckte die Beine von sich und stöhnte leise.
Wir alle waren vor Schreck wie erstarrt. Nils begann sogar, leise zu schluchzen. Karin war im Gesicht weiß wie eine Wand. Nur Lasse behielt die Ruhe.
»Er hat nur einen Schock bekommen«, beruhigte er uns und klopfte Filur sanft auf die Kruppe. Da begann das Pony zu zappeln und mit den Beinen zu strampeln. Kurz darauf stand es wieder, mit hängendem Kopf und stumpfem Blick.

»Schnell, schieben wir ihn in den Hänger«, ordnete Lasse an. »Dann untersuchen wir seine Beine.«
Wie im Traum stapfte Filur nun die Rampe hinauf. Seine Beine waren glücklicherweise nicht verletzt.
»Eigentlich hätte ich doch Lust, das Rennen zu reiten«, verkündete Birger plötzlich, als wir schon am Einsteigen waren. »Das Wetter ist inzwischen so schön ...«
Aber davon wollten wir nichts hören. Wir hatten beschlossen, nach Hause zu fahren, sehnten uns nach einer kräftigen Mahlzeit und warmer, trockener Kleidung.
Lasse ließ sich nicht erweichen. Langsam rumpelten wir über die nasse Wiese davon.
Auf der Rückfahrt begannen die Ponys schon wieder, sich zu streiten. Also musste es Filur gut gehen. Wir verzehrten die letzten Reste des Kuchens und die letzten Brote, die sich noch im Picknickkorb befanden.
Auf Atorp setzten wir Karin ab. Und zehn Minuten später waren wir selbst auch zu Hause.
Onkel Ivar hatte bereits die Boxen frisch eingestreut und Futter in die Krippen geschüttet. Wir mussten also nur noch abends Heu füttern. Das war natürlich fabelhaft. Während wir, einer nach dem anderen, heiß duschten und uns anschließend mollig warm anzogen, kochte Tante Gunhild in einem riesigen Topf eine feurige Bohnensuppe mit Würstchen darin.
Wir luden Birger zum Essen ein und redeten noch einmal über das Turnier. Dann wurde er abgeholt.
Am Abend fütterten wir Heu und sagten den Pferden gute Nacht. Gegen halb neun kamen Stefan und Margit auf einen Sprung vorbei.
Wir berichteten vom Turnier, knabberten Erdnüsse und lachten viel miteinander.
»Diese Ponyturniere sind einfach das Schlimmste, was es gibt«, behauptete Lasse abschließend. »Nichts als Hektik, Ärger und Aufregungen.«

»Aber lustig war es trotzdem«, fand Anna-Lisa.
»Ja, rückblickend«, stimmte ich zu.
»Wir müssen übrigens bald einmal über das Turnier auf Grangard sprechen«, erinnerte Stefan. »Ihr habt doch auch gemeldet?«, fragte er.
Ich spitzte die Ohren.
»Ja«, bestätigte Lasse, »wir werden alle drei reiten.«
Ich sollte also auch starten.
Wunderbar!
Ich fühlte, wie meine Augen zu leuchten begannen, und freute mich.

Unterwegs nach Grangard

Außer uns dreien – Lasse, Anna-Lisa und mir – wollten auch Stefan und Margit beim Turnier auf Grangard starten.
Am Dienstag fuhren wir in die Reithalle, um uns nach der abendlichen Reitstunde mit den übrigen Kameraden zu treffen. Es wurde ein ausgesprochen gemütlicher Abend im Reiterstübchen. Wir knabberten endlos Käsestangen und tranken literweise Orangensaft.
»Ich kann euch meinen väterlichen Beistand leider nicht anbieten«, erklärte Björn und seufzte dabei theatralisch.
»Und wieso?«, fragte Anna-Lisa mit blitzenden Augen, während Margit rief: »Da sind wir aber tief betrübt.«
»Ich fahre mit Papa zu einem Turnier in Südschweden«, erklärte Björn lässig.
»Wirst du auch starten?«, erkundigte sich Anna-Lisa.
»Ja, ich nehme Westminster mit.«
»Na, da wird sich die schwedische Reiterelite ja in Acht nehmen müssen«, stichelte Margit.
Ich unterdrückte ein Lachen. Björn wusste zunächst keine schlagfertige Antwort.
»Papa startet mit Donna Grazia und Lehár in den schweren

Klassen«, sagte er dann. »Westminster ist nur für die mittelschweren Springen gemeldet.«
»Also hat die Konkurrenz noch mal Glück gehabt«, kam es prompt von Margit.
Ich hatte sie bisher noch nie so aufgeräumt erlebt.
»Und du, Carlotta?«, wandte Lasse sich jetzt an das Mädchen. »Reitest du nicht mit?«
Carlotta schüttelte seufzend ihren dunklen Haarschopf. »Leider nein. Ich habe Onkel Carlsson fest versprochen, den Sonntagsausritt zu leiten. Außerdem wird Pilgrim für den Schulbetrieb gebraucht. Dabei wäre ich auch zu gern mitgefahren.«
Margit nickte teilnahmsvoll und sagte: »Versprochen ist eben versprochen.«
Carlottas Gesicht hellte sich auf. »Dafür darf ich aber auch beim Klubturnier in Lönndalen starten«, berichtete sie eifrig. »Onkel Carlsson hat mir zugesagt, dass ich dort Pilgrim reiten kann.«
»Ein Klubturnier? Wann?«, wurde Carlotta von allen Seiten bedrängt.
»Ich weiß noch nichts Genaues«, wehrte sie lachend ab. »Ich glaube, außer uns sind noch die Reiter von Grangard eingeladen. Mehr kann ich euch auch nicht sagen.«
»Und du, Björn?«, bestürmten wir nun den Sohn des Reitlehrers. »Du musst doch etwas darüber wissen.«
»Papa hat schon alles geregelt«, entgegnete Björn nur. »Ihr werdet die Einzelheiten rechtzeitig erfahren.«
Mir fiel auf, dass Lasse schwieg und sich nicht an der allgemeinen Aufregung beteiligte.
»Weißt du etwas darüber?«, wandte ich mich an ihn.
Plötzlich waren alle Augen auf Lasse gerichtet.
Auch ich war gespannt.
Selbst, wenn ich nicht mitreiten konnte, zum Zeitpunkt des Turniers wohl bereits wieder in Deutschland sein würde, war es immerhin interessant, darüber zu reden.

Lasses Augen funkelten.
»Von mir erfahrt ihr auch nichts«, erklärte er geheimnisvoll und tauschte einen kurzen Blick mit Björn.
Die beiden lachten.
»Aber wer wird denn reiten?«, fragte Anna-Lisa ungeduldig. »Sag schon!«
Lasse tat weiterhin geheimnisvoll.
»Fest steht nur«, sagte er endlich, »dass ich nicht auf Eko starten werde.«
Anna-Lisa sank zurück. »Puh!«, machte sie und verzog dabei das Gesicht. »Diese umwerfende Neuigkeit hättest du auch für dich behalten können.«
Dann geriet das Klubturnier fürs Erste in Vergessenheit, und wir wandten uns wieder näher liegenden Ereignissen zu.
Stefan hatte die Erlaubnis, Silver Moon in Grangard zu reiten. Da Margit einen Doppelhänger besaß, wollte sie ihn dorthin mitnehmen.
Die Frage war nur, wie wir drei Pferde – nämlich Eko, Duvan und Chérie – in einem Doppelhänger nach Grangard befördern sollten.
»Wir könnten noch einen Wagen leihen«, überlegte Anna-Lisa. »Vielleicht den von Birgers Vater.«
»Und wer soll ihn fahren?«, wollte Margit wissen.
»Ich«, meldete sich Stefan.
»Das wäre möglich.« Anna-Lisa nickte bedächtig, aber es war ihr anzusehen, dass sie bereits eine andere Idee hatte. Wir blickten sie aufmerksam an. »Wie wäre es«, fuhr sie fort, und ihre Stimme klang nachdenklich und so, als spräche sie zu sich selbst, »wenn wir drei, also Kaj, Lasse und ich, nach Grangard reiten würden?«
»Reiten?« – »Wie stellst du dir das vor?« – »Ist das nicht zu weit?« – »Wird es nicht zu anstrengend für die Pferde?«
So prasselten Fragen auf Anna-Lisa ein.
Wir redeten alle gleichzeitig, bis sie sich schließlich lachend die Ohren zuhielt.

»Seid doch still!«, wehrte sie scheinbar verzweifelt ab. Langsam beruhigten wir uns.

Lasse nickte beifällig.

»Der Gedanke ist gar nicht so dumm. Wir könnten am Freitag losreiten. Das Turnier dauert nur einen Tag, also könnten die Pferde sich samstags ausruhen. Für den Rückweg leihen wir uns noch einen Transportwagen.«

»Na eben!«, rief Anna-Lisa triumphierend. »Es wird ein wunderschöner Ritt werden. Nächste Woche können wir keine langen Ausritte mehr starten, weil unsere Eltern dann nach London fliegen. Papa hat nämlich nur noch ganze zehn Tage Urlaub.«

Onkel Ivar gehörte die kleine, aber sehr gut gehende Apotheke im Dorf. Für einige Wochen hatte er eine Vertretung gefunden, aber bald musste er sich doch selbst wieder in die Arbeit stürzen.

Auch Tante Gunhild half in der Apotheke mit. Anna-Lisa hatte Recht: wenn die beiden wieder arbeiteten, konnten wir keine Tagesritte mehr unternehmen.

Irgendjemand musste auf das Haus, auf Kalle, den Schimmel und Nils aufpassen.

Der Ritt nach Grangard war also die letzte Gelegenheit für einen Tagesritt.

»Und am Samstag«, rief Anna-Lisa, »können wir mit den Pferden baden gehen!«

»Baden?«, wiederholte ich. »Wo denn?«

»Ganz in der Nähe von Grangard gibt es einen kleinen See«, berichtete Anna-Lisa eifrig. »Als wir letztes Jahr auf dem Turnier waren, sind wir mit den Pferden dort baden gegangen. Es war ein heißer Tag, und das Wasser war so wunderbar erfrischend.«

Wie verlockend das alles klang!

Jetzt freute ich mich richtig auf dieses Turnier. Ein gemütlicher, stimmungsvoller Tagesritt, Wettkämpfe, Spannung, dann ein erfrischendes Bad im See …

Ich begann regelrecht zu träumen.
»Verbleiben wir also so«, durchbrach Stefans Stimme meine Gedanken. »Schade, dass Margit und ich nicht auch mitreiten können.«
Leider war das unmöglich. Stefan konnte Silver Moon nur für den Turniersonntag haben, vorher wurde das Pferd in der Reitschule gebraucht.
Und Margit, die als Arzthelferin in der Stadt arbeitete, bekam für den Freitag so kurzfristig keinen Urlaub.
Wie würde Nils die Nachricht aufnehmen, dass er nicht mitreiten konnte?

Es kam wie erwartet. Nils reagierte mit Tränen. Er bekam vor Wut einen knallroten Kopf und außerdem einen kleinen Tobsuchtsanfall. Die Tränen liefen ihm vor lauter Zorn wie ein Sturzbach übers Gesicht.
»Der Ritt würde zu anstrengend für Kalle und dich«, versuchte Anna-Lisa zu erklären.
Nils war keinem Argument zugänglich. Auch die Tatsache, dass wir nur Quartierbestellungen für drei Pferde abgeschickt hatten und gar kein Platz für Kalle vorhanden sein würde, beeindruckte ihn nicht.
»Wir könnten unter freiem Himmel schlafen«, beharrte er. »Und Kalle macht nie schlapp. Ich auch nicht.«
Neue Tränenströme rannen über seine roten, erhitzten Wangen. Lasse und Anna-Lisa tauschten einen langen Blick. Vielleicht hätten sie sogar nachgegeben, aber als Tante Gunhild von unserem Vorhaben hörte, griff sie ganz energisch ein.
»Schlimm genug, wenn ihr allein losreitet«, erklärte sie. »Ich werde mich die ganze Zeit über ängstigen. Nils will ich wenigstens bei mir zu Hause wissen.«
Onkel Ivar war der gleichen Ansicht, was Nils anbelangte. Unsere Idee, zum Turnier zu reiten, fand er allerdings fabelhaft. »Seht nur zu, dass ihr die Pferde nicht überfordert. Rastet oft genug, und reitet hauptsächlich Schritt und Trab.

Lasst euch den ganzen Tag Zeit. Die dreißig Kilometer schafft ihr spielend.« Und dann wechselte er plötzlich das Thema. »Habt ihr eigentlich genug trainiert? Ich sollte mir die Sache vielleicht anschauen.«
Anna-Lisa machte ein erschrockenes Gesicht. »O nein, Papa, nicht nötig. Wir haben trainiert. Und heute Nachmittag wollen wir noch einmal springen.«
»Gut, gut«, meinte Onkel Ivar, »ich komme und gebe euch einige Tipps.«
Lasse grinste in sich hinein. Anna-Lisa hingegen machte ein unglückliches Gesicht.
Und ich hatte mich schon gewundert, weshalb sie behauptet hatte, ihr Vater gäbe ihnen ab und zu Reitunterricht.
Bisher hatte er kein einziges Mal auch nur zugeschaut, wenn wir geritten waren. Nun aber war er eifrig und anscheinend fest entschlossen, über Nacht großartige Reiter aus uns dreien zu machen.
Als wir gegen Abend mit unseren Pferden durch den Obstgarten und aus der Auffahrt ritten, tauchte plötzlich Onkel Ivar auf. Er hatte seinen Vorsatz also nicht vergessen.
Gemeinsam überquerten wir die Straße und ritten auf die Wiese, die Nyströms von einem der ortsansässigen Bauern gepachtet hatten. Dort waren ein Dressurviereck abgesteckt und einige recht anspruchsvolle, selbst gebastelte Trainingshindernisse aufgebaut.
Ich war bis jetzt erst einmal mit Chérie gesprungen. Sie war ein wunderbares Springpferd, immer willig, immer eifrig, immer vorneweg. Wenn man in ihrem Sattel saß, traute man sich jeden Sprung zu, kein Hindernis erschien einem zu hoch oder zu schwierig. Es schien, als würde die Stute das Springen geradezu genießen. Darüber hinaus verfügte sie über viel Erfahrung. Nicht umsonst war sie viele Jahre im Turniersport gestartet. Wenn sie temperamentvoll die Hindernisse anzog und mit großem Schwung darübersegelte, glaubte man nicht, dass sie immerhin schon fünfzehn Jahre alt war.

Heute wollten wir also springen. Für den morgigen Tag hatten wir uns das Dressurprogramm vorgenommen. Ich war gespannt, wie Chérie und ich uns unter den anderen Reitern würden behaupten können. Wir waren für eine Dressur und ein Springen gemeldet, Anna-Lisa für zwei Springen, aber keine Dressurprüfung. Duvan hasste Dressur, daher zog Anna-Lisa es vor, darauf zu verzichten. Eko, der noch wenig Erfahrung hatte, sollte ebenfalls zu zwei Springen antreten, außerdem zu einer Dressurprüfung.
Wir lockerten unsere Pferde, ritten sie warm, indem wir leichttrabten, einige Wendungen ritten, Paraden übten und zwischendurch über einige Cavalettis trabten.
Ich kam mit Chérie gut zurecht, obwohl es manchmal schwierig war, sie zu zügeln. Sie war einfach zu eifrig. Dann begann Onkel Ivar, uns Anweisungen zu geben. Und schon nach einigen Minuten verstand ich, weshalb Anna-Lisa nur augenverdrehend »Hilfe« murmelte, wenn ihr Vater sich als Reitlehrer betätigte. Er hatte offensichtlich keine Ahnung, wofür wir eigentlich trainierten. Über den Ausbildungsstand der Pferde schien er auch nicht informiert zu sein. Und vor allem tadelte er ununterbrochen und sprach ständig von seiner Turnierzeit und von Reitern, die wir nicht kannten.
Ich wunderte mich nur, weshalb er, der sonst immer so wortkarg war, plötzlich wie ein Wasserfall redete. Tatsächlich sah er jeden Fehler. Nur verlangte er von jedem von uns viel zu viel und oft gerade das Falsche. Anna-Lisa schwitzte und jammerte leise vor sich hin, weil ihr Vater nicht einsah, dass Duvan die Dressurlektionen, die sie zeigen sollte, noch nicht beherrschte. Nur Lasse ritt ungerührt weiter. Er verstand es meisterhaft, die Anweisungen seines Vaters zu ignorieren.
Auch beim Springen hatte Onkel Ivar vieles an jedem von uns auszusetzen.
Danach wirkte Anna-Lisa total erledigt. »Papa schaffte es doch immer, einen zu entmutigen«, beklagte sie sich. »Duvan ist noch nie so schlecht gegangen wie heute.«

»Ach was«, meinte Lasse, »du kennst Papa doch. Kümmere dich nicht um ihn.«
»Leicht gesagt«, seufzte Anna-Lisa. »Ich hoffe nur, dass er so bald nicht wieder einen Anfall von Großzügigkeit bekommt. Er hält sich für außerordentlich hilfsbereit, wenn er uns beim Reiten herumkommandiert.«
Aber am nächsten Tag lag Onkel Ivar in der Sonne und las einen Krimi, sodass wir unbehelligt reiten konnten.
Am späten Abend kam Stefan vorbei, um unsere Turnierausrüstung zu holen.
Natürlich konnten wir nicht in Turniersachen losreiten, und allzu viel Gepäck wollten wir auch nicht mitnehmen. Sättel und Trensen hatten wir gereinigt, Sattelgurte und Steigbügelriemen überprüft.
Anna-Lisa wollte den Proviantbeutel und die Landkarte mitnehmen, Lasse den Hafer und die Mohrrüben für die Pferde. Ich übernahm Stallhalfter und Stricke. Ein Quartier für uns hatte Lasse bereits telefonisch besorgt: Wir konnten bei einem Bauern in der Nähe übernachten und dort auch unsere Pferde während der ersten Nacht unterstellen.
Wir waren gut gelaunt und freuten uns auf den nächsten Tag, als wir am Donnerstag Abend zu Bett gingen.

Wie ist das Wetter? war mein erster Gedanke, als ich am nächsten Morgen erwachte.
Ich schlug die Augen auf und blinzelte durch das Fenster über mir in den Himmel. Blassblau war er, ganz leicht verhangen. Sonnenstrahlen tanzten durch den Morgendunst. Ich war erleichtert. Alle Vorzeichen deuteten auf einen warmen, schönen Sommertag hin.
Gleich darauf klopfte es an meiner Tür.
»Aufstehen, Kaj«, hörte ich Anna-Lisas Stimme.
»Bin schon auf!«, rief ich zurück. Meine Stimme klang ebenso freudig und aufgeregt wie die von Anna-Lisa.
Bald darauf trafen wir uns in der Küche. Tante Gunhild hatte

uns ein besonders leckeres und kräftiges Frühstück bereitet. Onkel Ivar hatte sich wie immer hinter seiner Zeitung verschanzt und brummelte von Zeit zu Zeit einige gut gemeinte Ratschläge. Lasse hatte bereits gefrühstückt und fütterte im Stall die Pferde.

Nur Nils war nicht auffindbar.

»Er schmollt«, kommentierte Anna-Lisa. »Er ist sauer, weil er nicht mitdarf.«

Als wir später gemeinsam zum Stall schlenderten, sahen wir Nils, der mit Kalle um die Bäume im Obstgarten herum Slalom übte. Nisse saß hoch oben in einem Birnbaum und blinzelte aus unergründlich grünen Augen zu ihm hinunter.

Lasse kam uns entgegen. »Hej«, grüßte er. »Die Pferde haben gefressen. Wann wollen wir losreiten?«

Anna-Lisa und ich tauschten einen Blick.

»In einer Stunde?«, schlug Anna-Lisa vor.

Lasse warf einen Blick auf die Uhr. »Also um halb zehn. Ich richte den Proviant für die Pferde, ihr kümmert euch um unsere Brote. Habt ihr gestern die Halfter überprüft?«

»Alles klar«, wir nickten.

»Umso besser. Die Pferde waren alle vor vier Wochen beim Schmied, ihre Eisen sollten also in Ordnung sein. Gestern konnte ich keinen losen Nagel finden.«

In Anna-Lisas Augen blitzte es schelmisch auf. »Ach nein?«, neckte sie ihren Bruder. »Vielleicht hatte er sich versteckt – der lose Nagel.«

Lasse überhörte ihre Spötteleien mit der Überlegenheit des großen Bruders. »Habt ihr nicht in der Küche zu tun?«, fragte er ganz von oben herab.

Anna-Lisa machte ein saures Gesicht. »Pass auf, dass du dir deine Brote nicht selber schmieren musst.«

»Dann wüsste ich wenigstens, dass sie genießbar sind«, kam es prompt von Lasse.

Anna-Lisa sah aus, als suche sie nach einer wenig freundlichen Erwiderung, daher hakte ich sie schnell unter und zog sie zum Haus zurück. Die nächsten zwanzig Minuten verbrachten wir damit, Brote mit rohem und gekochtem Schinken, mit Salami und Käse zu belegen. Dann holte Anna-Lisa eine Packung Kekse und einen halben Kaffeekranz aus der Speisekammer.

»Nehmt noch ein paar hart gekochte Eier mit«, schlug Tante Gunhild vor.

»Und wann sollen wir das alles essen?«, fragte Anna-Lisa. »Nein, keine Eier.«

Wir waren gerade fertig, als Lasse in die Küche schaute. »Beeilt euch! Wir wollen endlich starten.«

Wir packten alle Vorräte in Proviantbeutel. Die Hafer- und Mohrrübenportionen für die Pferde hatte Lasse schon vorbereitet. Ein angenehmes Kribbeln machte sich in mir breit, als wir nun gemeinsam zum Stall liefen, um unsere Pferde zu putzen und zu satteln.

Chérie sah sich mit blanken Augen um und wollte nicht stillstehen – als ahnte sie, dass etwas Besonderes in der Luft lag. Ich putzte sie gründlicher als sonst, denn ich wollte, dass sie besonders gut aussah. Dann ließ ich vorsichtig den Sattel auf ihren Rücken gleiten. Nun stand sie auf einmal still, gespannt wie eine Stahlfeder. Nils kam mit finsterem Gesicht in den Stall, um den Schimmel und Finfin zu Kalle auf die Koppel zu bringen. Chérie begann erneut zu zappeln. Eko wieherte durchdringend. Anna-Lisa jammerte, weil Duvan ihr auf die Zehen trampelte.

Endlich waren unsere Pferde fertig gesattelt. Wir führten sie in den Obstgarten und saßen auf. Onkel Ivar erschien im Morgenmantel und mit ausgelatschten Pantoffeln an den Füßen, um uns die Gatter zu öffnen.

Auch Tante Gunhild kam heraus. »Ruft gleich heute Abend an«, ermahnte sie uns. »Und seid vorsichtig!«

»Ja, ja«, sagte Lasse ein wenig ungeduldig. Seine Augen flogen noch einmal über unser Gepäck. Auch ich überlegte blitzschnell, ob wir wirklich nichts vergessen hatten.

»Macht's gut!« Tante Gunhild winkte uns nach.
Onkel Ivar stand hoch aufgerichtet da, beschattete mit einer Hand die Augen und verfolgte uns mit prüfenden Blicken. Unwillkürlich senkte ich die Absätze.
»So, liebe Leute«, rief Lasse gut gelaunt, als wir um die erste Biegung verschwunden waren, »jetzt liegt ein gemütlicher Ritt vor uns!«
Anna-Lisa und ich blickten uns zufrieden an und dachten wohl beide das Gleiche wie Lasse: Wir freuten uns auf diesen Tag im Sattel. Sommer, Sonne, Pferde, ein unterhaltsamer Tagesritt, die Aussicht auf ein spannendes Turnier – was wollten wir mehr!
Ich jedenfalls war wunschlos glücklich. Am langen Zügel stapften die Pferde ruhig, aber eifrig dahin, mit gespitzten Ohren und glänzenden Augen.
Hin und wieder schnaubte eines der Tiere. Wir ritten nebeneinander, Anna-Lisa und Lasse kabbelten sich ein wenig, und ich hing meinen Gedanken nach.
Wenn ich nicht nach Schweden gekommen wäre, überlegte ich, was wäre dann? Was hätte ich in Deutschland in all den Wochen gemacht? Ich fand keine Antwort, lehnte mich nach vorn über Chéries Hals und streichelte über das weiche, goldglänzende Fell. Chéries Ohren spielten, eines zuckte aufmerksam nach vorn, eins nach hinten. Ich sprach leise mit ihr, und nun zuckte auch das andere Ohr zurück. Chérie lauschte auf meine gemurmelten Worte und schien die Aufmerksamkeit, die ich ihr schenkte, zu genießen.
Nachdem wir eine ganze Weile zwischen wogenden Feldern und ausgedehnten Wiesen dahingeritten waren, tauchte rechter Hand ein lang gezogener Waldstreifen auf. Auf diesen Wald hielt Lasse zu.
Bald schon umhüllte uns kühler Schatten, weicher Waldboden verschluckte den Hufschlag der Pferde. Das dichte Blätterdach über uns filterte das Sonnenlicht, Lichtpunkte tanzten vor uns auf dem Waldboden, huschten über uns und unsere

Pferde, Baumstämme hinauf und hinunter. Hier und da raschelte es im Unterholz. Ein Vogel flog auf, ein Eichhörnchen lief flink vor uns über den Weg, blitzschnell kletterte es bis in den Wipfel einer mächtigen Eiche.
Die Pferde tanzten nun gleichsam auf Zehenspitzen, blickten sich mit aufgestellten Ohren um, stutzten, schritten schneller aus, tänzelten und stutzten wieder. Eko schüttelte den Kopf und biss knirschend auf der Trense. Duvan begann, im Seitwärtsgang zu steppen, und sogar Chérie fing an, sich aufzuspielen. Sie tänzelte dahin, den Kopf erhoben. Als plötzlich ein Kaninchen am Wegrand auftauchte, um gleich darauf fluchtartig im Unterholz zu verschwinden, machte sie einen Luftsprung, schnaubte und tat, als habe sie Angst.
»Bald kommen wir auf einen breiteren Weg«, erklärte Lasse beruhigend. »Dort können wir die Pferde dann endlich flott traben lassen.«
Tatsächlich teilte sich der Weg bald. Rechts wurde er breiter und ausladender und ließ viel Sonnenlicht ein, das die geheimnisvolle Stimmung mit einem Mal wegwischte. Links führte ein schmaler, sich windender Pfad weiter, der in tiefes Dämmerlicht getaucht war.
Schade, dachte ich, dass wir nicht auf diesem Pfad weiterreiten können. Aber wir bogen nach rechts ab, auf den breiten, grasbewachsenen Weg. Die Pferde schienen damit einverstanden zu sein. Sie schnaubten und spitzten die Ohren, als ahnten sie, dass sie gleich die Beine strecken durften. Schon trabte Lasse an. Eko warf seine langen Beine, als gelte es, ein Trabrennen zu gewinnen.
Es war schwer, Chérie zu zügeln. Immer wieder wollte sie angaloppieren. Duvan vor mir machte Luftsprünge und warf sich ungestüm nach vorn. Anna-Lisa hatte alle Hände voll zu tun, wollte sie die Kontrolle über ihr Pferd nicht verlieren. Etwa zwei Kilometer lang zog sich der Weg fast schnurgerade dahin. Die Pferde beruhigten sich allmählich, ließen sich leichter zügeln, leichter lenken.

Als der Weg sich wiederum gabelte, schafften wir es, ohne Probleme durchzuparieren.
»Und jetzt?«, fragte Anna-Lisa japsend. Sie schnaufte mächtig, war ganz außer Atem.
Ich schaute sie an und unterdrückte ein Lächeln. Sie war knallrot im Gesicht und ihre Zöpfe hatten sich beinahe aufgelöst. Aber ihre Augen glänzten.
»Nach links, ordnete Lasse an. »Dann muss ich mal auf der Karte nachschauen ...«
Wir ritten weiter und weiter, bis wir am Waldrand anlangten. Vor uns lagen wieder Wiesen und Felder und linker Hand ein kleines Dort. Lasse holte die Karte heraus, studierte sie und nickte dann.
Es war mittlerweile Mittag geworden und wir beschlossen, eine kleine Rast einzulegen.
»Ein Drittel haben wir geschafft«, verkündete Lasse und steckte die Karte wieder ein.
»Ich glaube, dass wir gegen fünf dort sein werden. Dann müssen wir weiter zu diesem Bauernhof. Das sind noch einmal zwei, drei Kilometer.«
Aber zunächst interessierte uns nur die geplante Rast. Mein Magen knurrte, und die Pferde sehnten sich sicherlich auch nach einer Portion Hafer, einigen Mohrrüben und einem Eimer Wasser. Also ritten wir auf das verschlafene Dorf zu. Etwa hundert Meter außerhalb stießen wir auf ein kleines Anwesen, umgeben von einer Wiese, auf der einige Kühe weideten. Der Hof wirkte gemütlich und verträumt. Er lag etwas versteckt zwischen einigen Buchen.
Wir beschlossen, hinzureiten und um etwas Wasser für unsere Pferde zu bitten.
Der Bauer war sehr freundlich. Er war alt, klein und gebeugt und hatte ein wettergebräuntes, verrunzeltes Gesicht. Ohne viele Worte zu machen, reichte er uns zwei alte, schon leicht verbeulte, aber saubere Eimer und deutete auf einen Ziehbrunnen. Lasse holte das Wasser. und die Pferde stürzten sich

gierig darauf. Der Bauer fragte, ob wir keinen Hunger hätten. Wir blickten uns an. Sollte das eine Einladung sein?
»Wir haben Proviant dabei«, erklärte Anna-Lisa freundlich lächelnd.
Der alte Bauer betrachtete uns eine Weile aus wasserblauen Augen. Dann zuckte er mit den Schultern und schlurfte ins Haus zurück.
Wir zögerten und tauschten ratlose Blicke. Gerade, als wir unsere Pferde wenden wollten, um weiterzureiten, tauchte der alte Bauer noch einmal auf. Wortlos hielt er uns eine große Wurst entgegen. Seine hellen Augen blinzelten uns aufmunternd zu.
Wir starrten fassungslos auf die Wurst.
»Für – uns?«, stammelte Anna-Lisa schließlich.
Der Bauer nickte.
»Das können wir doch nicht annehmen«, sagte Lasse.
Der Bauer nickte noch einmal heftig und murmelte etwas Unverständliches. Sein zahnloser Mund verzog sich zu einem freundlichen Lächeln.
Lasse griff zögernd zu.
Als er seinen Geldbeutel zückte, um die Wurst zu bezahlen, wurde der alte Bauer richtig wütend, dabei schüttelte er heftig den Kopf. Ich sah, wie Lasse schließlich mit den Schultern zuckte, sich herzlich bedankte und seinen Geldbeutel wieder wegsteckte.
Sofort beruhigte sich der Bauer, nickte, wünschte uns einen schönen Ritt und ging wieder in sein Haus.
Wir wussten nicht, was wir sagen sollten.
»Wir wollen noch etwas trinken und uns einen hübschen Platz zum Rasten suchen«, bestimmte Lasse.
Damit waren wir einverstanden. Wir erfrischten uns an dem herrlichen kühlen Brunnenwasser, bestiegen unsere Pferde und wandten uns dem offenen Feld zu.
Das Dorf ließen wir seitlich liegen.
Nach einigen Minuten stellte Anna-Lisa sich in die Bügel.

»Dort vorn ist ein alter Heuschober«, erklärte sie. »Wollen wir dorthin reiten?«
Lasse prüfte die Richtung. Dann nickte er.
Anna-Lisas scharfe Augen hatten richtig gesehen. Bei dem baufällig wirkenden Brettergebilde handelte es sich tatsächlich um einen alten Heuschober.
Er war fast leer; nur ein wenig altes, muffig riechendes Heu war zurückgeblieben.
Wir saßen ab, befreiten die Pferde von Sattel und Trense und zogen ihnen die Halfter über. Dann banden wir sie an der Rückseite des Heuschobers an einem Eckpfeiler an, sodass sie wahlweise in der Sonne oder im Schatten grasen konnten. Wir selbst setzten uns und fielen heißhungrig über Brote und Kekse her. Den Pferden hatten wir zuvor Hafer und Mohrrüben ins Gras geschüttet.
Gierig bemühten sie sich, auch die letzten Haferkörnchen mit den Lippen zwischen den Grashalmen hervorzuangeln. Wir kauten zufrieden und genüsslich, redeten und beobachteten die Tiere.
»Sagt mal«, wandte ich mich an Lasse und Anna-Lisa, »was ist das eigentlich für ein Reitverein? Ist es ein alter Gutshof?«
Anna-Lisa nickte zögernd, während Lasse den Kopf schüttelte. Ratlos blickte ich sie an.
»Na, was denn nun?«, fragte ich.
Lasse setzte sich gemütlich zurecht. »Pass auf«, sagte er, »ich werd's dir erklären. Grangard ist ein riesiger Besitz, tatsächlich ein altes Gut mit Wiesen und Weiden und ein paar Hektar Wald, das einem alten Oberst gehört. Es ist seit Jahren im Besitz seiner Familie. Nach seiner Pensionierung hat der Oberst das Gut wieder in Schuss gebracht. Er ist Pferdeliebhaber und war, als der Reitverein im Ort gegründet wurde, jahrelang der Vorsitzende. Inzwischen ist der Ort gewachsen, und der Stall liegt beinahe im Zentrum. Eine Halle ist vorhanden, aber keine Außenplätze. Die hat Oberst Lindqvist auf seinem Besitz anlegen lassen und dem Verein zur Verfügung gestellt.«

»Deshalb nennt sich auch der Verein Grangard«, fügte Anna-Lisa abschließend hinzu.
Ich nickte.
Jetzt hatte ich verstanden. »Das Turnier findet also auf diesen Anlagen statt?«
»Ja. Und die Gastpferde stehen in den alten Stallungen des Gutes. Das war bisher jedes Jahr so.«
»Ich verstehe. Hat der Oberst selbst auch Pferde?«, wollte ich dann wissen.
Anna-Lisa zuckte mit den Schultern.»Ich glaube. Ein paar Zuchtstuten, nehme ich an, und zwei Kutschpferde. Er reitet selbst nicht mehr. Er ist ja uralt.«
»Wahrscheinlich würden seine Knochen bei jedem Galoppsprung krachen«, vermutete Lasse lachend.
Nach einem Blick auf die Uhr erkannten wir, dass es Zeit war weiterzureiten.
Zuerst protestierten die Pferde ein wenig. Sie hatten keine Lust, das saftige Gras zu verlassen und sich wieder satteln zu lassen. Aber dann fügten sie sich in ihr Schicksal und schienen sogar erneut Gefallen an dem Ritt zu finden. Keines der Tiere zeigte Ermüdungserscheinungen, alle griffen weit und willig aus und genossen die Trabstrecken, die wir immer wieder einlegten.
Am frühen Nachmittag rasteten wir noch einmal kurz, ließen die Pferde an einer Wildtränke trinken, gaben ihnen Mohrrüben und eine Hand voll Hafer. Wir selbst aßen den halben Kaffeekranz und etwas von der Wurst, die uns der Bauer geschenkt hatte. Sie schmeckte köstlich.
»Wir nähern uns Grangard«, meinte Anna-Lisa am späten Nachmittag. Es war kurz nach fünf. »Die Gegend kenne ich. Dort drüben liegt der See.«
»Und der Wald dort gehört schon zu Grangard«, erläuterte Lasse und deutete nach vorn.
»Wir werden daran vorbeikommen, dann kannst du die Anlagen sehen, Kaj.«

Unaufgefordert fielen die Pferde noch einmal in Trab, als ahnten sie, dass sie ihr Ziel fast erreicht hatten. Auf einem grasbewachsenen Weg ritten wir dahin, neben dem Waldstück her. Plötzlich wich der Weg zurück und gab den Blick frei auf ein großes altes Gutshaus, an das sich rechts und links Scheunen und Stallungen anschlossen. Endlose Weiden dehnten sich dahinter aus, und neben den Stallungen waren mehrere Reitplätze. Auf einem großen Rasenplatz leuchteten bunte Hindernisse in der Sonne.

Ein frischer Wind spielte in den Wipfeln der Birken und Buchen, die das Gut umgaben.

»Schön«, sagte ich leise. Die Müdigkeit machte sich bemerkbar; ich sehnte mich danach, unser Nachtquartier zu erreichen. So ein Tagesritt war wunderbar, aber auch ziemlich anstrengend.

Die letzten beiden Kilometer ritten wir in fleißigem Schritt. Dann erreichten wir den Bauernhof, auf dem wir und unsere Pferde die Nacht verbringen sollten.

Lasse regelte das Nötige.

Wir konnten die Pferde in geräumigen Boxen unterbringen und auch Hafer und Heu für sie kaufen. Wir selbst bekamen ein kräftiges Abendessen.

»Ihr könnt auf dem Heuboden schlafen«, sagte die Bäuerin, eine große, kräftige Frau mit knallroten Wangen. »Ich gebe euch einige Decken. Unsere beiden Fremdenzimmer sind schon belegt.«

Mir war alles recht. Ich konnte nur noch mit Mühe das Gähnen unterdrücken. Wir sahen noch einmal nach den Pferden, die satt und zufrieden im goldgelben Stroh standen und Heu knabberten. Dann zogen wir uns auf den Heuboden zurück.

Wir hatten gerade unsere Decken ausgebreitet, als wir unten Motorengeräusche hörten. Ein Auto bremste.

Anna-Lisa, die noch munterer war als ich, stapfte über Heu- und Strohballen zur Außenluke und spähte neugierig über den Hof.

Dann stieß sie einen überraschten Ruf aus. »Das ist Stefans Auto! Stefan ist gekommen!«
Lasse und ich stürzten nun ebenfalls zur Luke und bemerkten, wie Stefan grinsend und gut gelaunt zu uns hinaufwinkte. Wir sahen ihn im Haus verschwinden und kurz darauf wieder auftauchen.
»Wartet«, rief er, »ich komme zu euch! Nein, Lasse, du musst mir schleppen helfen.«
Schleppen? Was denn schleppen? Wir tauschten einen fragenden Blick.

Ein Bad im See

Lasse zauderte nicht lange.
Geschickt kletterte er die schmale Leiter hinunter, die vom Heuboden in den Stall führte. Kurz darauf sahen wir ihn auf Stefans Auto zusteuern. »Hast du vor, über Nacht zu bleiben?«, fragte Lasse.
Stefan nickte. »Ja, ich halte es für eine gute Idee. Morgen Abend fahre ich zurück und komme am Sonntagmorgen mit Margit und den Pferden wieder.«
Stefan deutete auf seinen Wagen und öffnete den Kofferraum. »Hier«, hörten wir ihn sagen, »ich habe euch Schlafsäcke mitgebracht.«
Aha, Schlafsäcke! Anna-Lisa und ich tauschten einen Blick. Eine ausgezeichnete Idee! Stefan war wirklich Gold wert. Ein Schlafsack nach dem anderen wurde uns die Leiter heraufgereicht. Wir legten sie aus und saßen bald zusammen, die Beine in den Schlafsäcken vergraben.
Wir redeten eifrig miteinander, unsere Müdigkeit war wie weggeblasen.
»Eure Sachen habe ich dabei«, berichtete Stefan und ließ eine große Tafel Schokolade und eine Flasche Saft die Runde

machen. »Sattelseife und Lederfett, Eimer, Gummis und Mähnenband, weiße Satteldecken, Ekos und Duvans Martingal, na, eben alles, was ihr mir mitgegeben habt. Ich fahre euch die Sachen morgen Abend noch nach Grangard.«
Lasse klopfte seinem Vetter anerkennend auf die Schulter. »Wenn wir dich nicht hätten«, lobte er und es klang halb scherzhaft, halb ernst gemeint.
Durch die Außenluke fielen die letzten Strahlen der Abendsonne. Es war ganz still. Nur ab und zu, wenn einer von uns sich bewegte, raschelte das Heu. Einmal bellte ein Hund. Und ganz selten tönte das Schnauben eines Pferdes zu uns herauf. Es war so gemütlich, dass ich mich fragte, ob ich schon jemals im Leben glücklicher gewesen war. Während ich noch darüber nachgrübelte, schlief ich ein.
Am nächsten Morgen war ich die Letzte, die aufwachte. Die anderen Schlafsäcke waren bereits leer. Hastig stand ich auf, zupfte mir einige Heuhalme aus dem Haar, blickte mich um und lauschte.
Gerade kam Stefan die Leiter herauf. »Guten Morgen!«, rief er mir munter zu. »Seid ihr in Deutschland alle solche Langschläfer?«
»Nein, das habe ich in Schweden gelernt«, antwortete ich schlagfertig.
»Anna-Lisa füttert die Pferde, und Lasse organisiert das Frühstück. Du kannst dich im Haus waschen.«
»Prima«, meinte ich und stellte erst jetzt fest, dass ich staubig und schmutzig war.
Also beeilte ich mich, ins Haus zu kommen.
Das Frühstück, das die Bäuerin uns bereitstellte, war fast noch üppiger als das Abendessen. Ich hatte Hunger.
Seit ich in Schweden war, hatte ich fast pausenlos Hunger und nahm spürbar zu. Langsam, aber sicher begannen meine Jeans zu kneifen, und sogar meine Reitstiefel fingen an, ein wenig eng zu werden.
Sobald ich wieder zu Hause bin, nehme ich ab, nahm ich mir

ganz fest vor und biss kräftig in ein dick mit Schinken und Käse belegtes Brot.
Zu Hause ... Ich musste kurz schlucken. Mein Urlaub in Schweden war bald zu Ende. Dann hieß es Abschied nehmen. Und ich wusste jetzt schon, dass es mir ganz sicher schwer fallen würde.
Die anderen waren bereits dabei, Pläne für den heutigen Tag zu schmieden. Und da es ein heißer, sonniger Tag zu werden versprach, beschlossen wir, mit den Pferden im nahen See baden zu gehen.
Stefan hatte sogar an Badesachen gedacht.
Tante Gunhild hatte alle Sachen herausgesucht und Stefan sogar noch einen zweiten Badeanzug von Anna-Lisa für mich mitgegeben.
Den Vormittag verbrachten wir damit, unser Sattelzeug ordentlich zu reinigen und unsere Stiefel zu wichsen. Dann bürsteten wir Jacken und Kappen aus. Stefan lag faul in der Sonne und schaute uns dabei zu. Ihn erwartete zu Hause die gleiche Arbeit.
Turniersachen hatte ich keine dabei. Daher hatte Tante Gunhild mir eine ihrer Reitjacken geliehen. Sie war moosgrün und passte gut zu meiner hellen, maisfarbenen Hose. Außerdem saß sie wie angegossen. Eine Kappe bekam ich von Anna-Lisa. Sie hatte sich vor einiger Zeit eine dunkelblaue Reitjacke zugelegt und dazu die passende dunkelblaue Kappe gekauft, also konnte ich ihre schwarze haben. Lasse war der Einzige von uns, der ganz elegant in weißer Hose und schwarzer Jacke reiten würde.
Während ich so arbeitete, hing ich meinen Gedanken nach. Was würde das Turnier uns wohl bringen? Ob ich Chancen hatte, einen Preis zu erringen? Chérie und ich waren bereits recht gut aufeinander eingespielt. Aber eine vollkommene Vertrautheit hatte sich zwischen uns natürlich nicht herstellen lassen. Auch Anna-Lisa war schweigsam. Verstohlen blickte ich zu ihr hin. Sie fing meinen Blick auf und seufzte.

»Ich verzweifle, wenn Duvan mir im Parcours wieder von der Hand kommt und kopflos gegen die Hindernisse rast«, erklärte sie besorgt.
»Wieso? Tut sie das manchmal?«, erkundigte ich mich.
Anna-Lisa nickte düster. »Sie ist so heftig«, klagte sie.
»Nur, wenn du schläfst«, neckte Lasse sie.
»Ich schlafe nie«, behauptete Anna-Lisa, »aber Duvan ist einfach nicht zu halten, wenn sie Hindernisse sieht.«
»Und was soll ich sagen?«, fragte ich nun. »Ich kenne Chérie kaum. Ich weiß überhaupt nicht, wie sie reagiert.«
»Himmel, seid ihr zwei Klageweiber!«, rief Stefan. »Seid ihr sicher, dass ihr überhaupt starten wollt?«
»Natürlich«, behauptete Anna-Lisa entrüstet.
»Das wäre ja noch schöner«, erwiderte ich.
Lasse grinste in sich hinein. »Na also! Warum regt ihr euch dann auf? Lasst es doch einfach auf euch zukommen, und gebt euer Bestes.«
Euer Bestes – das sagte sich so leicht.
Der Nachmittag brachte uns dann eine herrliche Abwechslung. Gegen drei trensten wir unsere Pferde auf und ritten zum See. Stefan folgte uns mit dem Auto.
Wir ritten selbstverständlich ohne Sattel und es war ein seltsames Gefühl, Chéries Wirbelsäule so hautnah zu spüren. Zuerst fühlte ich mich unsicher, denn ich war noch nie ohne Sattel geritten.
Aber bald gewöhnte ich mich an das veränderte Gefühl, entspannte mich und ließ die Beine lang hängen. Chérie schritt eifrig aus, mit ihren üblichen schwingenden Schritten, reckte die Nase in den leichten Wind und schien sich wohl zu fühlen. Ich klopfte ihr seidenweiches Fell, und sie schnaubte und spielte mit den Ohren.
Nach zehn Minuten schon hatten wir den See erreicht. Er war nicht groß, lag aber blau schimmernd und einladend da. Das gegenüberliegende Ufer war von Bäumen gesäumt, deren Wipfel sich im ruhig daliegenden Wasser spiegelten. Einige

kleine Kinder planschten, von strengen Elternaugen bewacht, ein Stück weiter im flachen Wasser.
Stefan hielt ein wenig abseits, stellte den Motor ab und kam, mit einem Fotoapparat bewaffnet, auf uns zu.
»Jetzt schlägt die Stunde der Wahrheit!« Er lachte. »Bitte recht freundlich!«
»Wage es nicht«, schnaubte Anna-Lisa. »Ich sehe im Badeanzug aus wie eine wandelnde Bohnenstange.«
Natürlich kümmerte Stefan sich nicht um ihre Proteste und knipste uns alle.
»Lasst uns doch endlich ins Wasser reiten«, verlangte Anna-Lisa dann ungeduldig und trieb Duvan voran, und Chérie folgte ihr ohne Aufforderung. Die beiden schienen es gewöhnt zu sein, im See zu baden.
Nur Eko machte natürlich Theater. Er schnaubte und warf den Kopf auf, verdrehte die Augen und scheute vor der glitzernden Wasseroberfläche.
Lasse klopfte ihm beruhigend den Hals und sprach aufmunternd auf ihn ein.
Eko blieb misstrauisch.
Er stapfte auf der Stelle, stierte ins Wasser und weigerte sich, uns nachzukommen.
Duvan und Chérie hatten mittlerweile den festen Boden unter den Füßen verloren und mussten schwimmen. Ich sah, wie Anna-Lisa vom Pferd glitt und fest in die Mähne packte. Also tat ich es ihr gleich.
»Pass auf, dass du nicht mit den Beinen zwischen die schlagende Hufe kommst!«, rief Anna-Lisa mir zu. Sie prustete und lachte.
Auch mir war nach Prusten und Lachen zumute. Was für ein wunderbares Gefühl, sich von einem mutigen, kräftigen Pferd durch angenehm erfrischendes Wasser ziehen zu lassen! Um uns herum gleißte und blinkte es, die Sonne schien warm auf uns herab und wir glitten ohne jede Anstrengung neben unseren Pferden dahin. Chéries Augen leuchteten.

Sie schien das Bad ebenso zu genießen wie ich.
Als ich mich einmal umsah, entdeckte ich plötzlich Ekos Kopf knapp hinter uns. Er hatte sich also letztlich doch ein Herz gefasst und sich ins Wasser geworfen, wahrscheinlich aus Angst, allein zurückzubleiben. Jetzt kämpfte er darum, die beiden Stuten einzuholen. Schließlich lagen alle drei Pferde nebeneinander.
Ich schaute zu Lasse hinüber. »Schwimmen wir bis ans andere Ufer?«, rief ich ihm zu.
Sein Kopf verschwand kurz und tauchte dann über Ekos Ohren wieder auf.
Er nickte und deutete nach vorn.
Wir verstanden. Anna-Lisa lachte mich an, und schwimmend legten wir die letzten hundert Meter zurück. Plötzlich fanden die Pferde wieder festen Grund unter ihren Hufen, strampelten ein wenig, trabten schnaufend und schnaubend aus dem schäumenden, hoch aufspritzenden Wasser ans Ufer. Wir rannten ihnen nach, umklammerten die glitschigen Zügel. Dann schüttelten wir uns wie junge Hunde. Duvans schwarzes Fell leuchtete in der Sonne und auch Chérie und Eko wirkten beinahe schwarz.
»Lasst uns am Ufer entlang zurückreiten«, forderte Lasse uns dann auf.
Wir bemühten uns aufzusitzen, aber natürlich glitten wir immer wieder an unseren nassen Pferden ab.
Zuletzt lachten wir so, dass wir völlig erschöpft kichernd in den warmen Sand sanken.
»Ich schaffe es nicht.« Anna-Lisa stöhnte. »Ich komme einfach nicht hoch.«
Lasse blieb nichts anderes übrig, als uns auf die ungesattelten Pferde zu helfen. Er selbst saß mit einem eleganten Sprung auf, und wir heuchelten Bewunderung. In gemütlichem Schritt am langen Zügel ging es dann zurück.
Stefan erwartete uns. »Zum Hof?«, fragte er.
Wir nickten.

»Hast du Lust, Eko zu reiten?«, bot Lasse freundschaftlich an. »Dann fahre ich deinen Wagen.«
Aber Stefan verspürte keine Lust, sich mit trockenen Jeans auf ein nasses Pferd zu setzen. Er fuhr im Auto voraus, und wir folgten langsam. Als wir wieder beim Stall ankamen, waren unsere Pferde fast trocken.
Stefan winkte uns und warf einen prüfenden Blick auf die Uhr. »Ich muss bald nach Hause. Wann wollt ihr die Pferde nach Grangard bringen?«
Lasse überlegte kurz. »Das können wir eigentlich gleich tun. Würdest du unsere Sachen hinfahren?«
»Klar. Wann starten wir?«
»Sobald ich hier bezahlt habe«, antwortete Lasse, stellte Eko in seine Box und ging ins Haus.
Eine halbe Stunde später brachen wir auf.
Der Ritt dauerte nicht lange, die Pferde waren noch immer munter und tatendurstig.
Als wir Grangard erreichten, war ihr Fell trocken und schimmerte in der Sonne wie Seide.
Am Stall wurden wir von einem kleinen, aufrechten Mann in alten Reitstiefeln in Empfang genommen. Er wies uns gleich die Boxen zu, in denen unsere Pferde stehen sollten und erklärte, dass wir entweder in der Scheune übernachten könnten oder aber in einem Gasthof im Dorf. Da wir schon mal die Schlafsäcke hatten, entschieden wir uns für die Scheune.
Nachdem all unsere Sachen ausgeladen waren, verabschiedete sich Stefan. Wir winkten ihm nach.
»Bis morgen!«
Ja, bis morgen. Wir mussten wieder an das Turnier denken. Es galt, die Pferd zu putzen und einzuflechten, die Hufe einzufetten und die Trensen nach dem Bad zu reinigen und zu fetten. Während wir arbeiteten, trafen mehrere Pferdehänger ein. Immer wieder wurden fremde Pferde in den Stall geführt, gingen Leute, die wir nicht kannten, mit Sattel- und Putzzeug vorbei. Der Stall begann sich zu füllen. Als wir gegen halb

acht unsere Arbeit beendet und unsere Tiere gefüttert hatten, standen ungefähr dreißig fremde Pferde im Stall. Und morgen würden noch weitere hinzukommen.
Turnieratmosphäre – man begann sie zu spüren. Beinahe greifbar hing sie in der Luft und nahm uns gefangen.
Wir waren nicht die Einzigen, die die Nacht bei den Pferden verbringen wollten. Überall um uns herum wurden Schlafsäcke aufgerollt, Decken ausgebreitet und Liegen aufgestellt. Stimmen und Lachen schwirrten durch die Luft, Butterbrotpapier raschelte und noch immer trafen vereinzelt Pferde ein, die sich mit lautem Wiehern oder dumpfem Schnauben ankündigten. Es war spannend und unheimlich gemütlich.
Erst gegen zehn löschten wir das Licht. Die Pferde senkten zufrieden die Nasen in ihr Abendheu, und auch unsere Gespräche verstummten allmählich.
Ich weiß nicht, wie es den anderen ging; ich lag jedenfalls noch lange wach, starrte vor mich hin und lauschte auf die wenigen Geräusche, die die Stille durchbrachen: die Atemzüge unserer Reitkameraden, das leise Schnauben und Kauen der Pferde, das Rascheln im Stroh, wenn eines sich bewegte oder hinlegte.
Meine Gedanken flogen voraus, kreisten um den nächsten Tag. Was würde er uns bringen? Sieg oder Niederlage?
Auf jeden Fall Aufregungen und eine Menge Spaß, entschied ich schließlich, schloss die Augen und schaffte es endlich einzuschlafen.

Minuten vor dem Start

Das Turnier sollte frühmorgens mit einer Dressurprüfung beginnen. Das Schicksal wollte es, dass als Erstes ausgerechnet die leichteste Klasse dran war, in der auch ich starten sollte.
Lasses kleiner Reisewecker klingelte pünktlich. Auch er war heute bald dran.

Anna-Lisa schlummerte noch selig, als wir aufstanden, um nach unseren Pferden zu schauen und sie zu füttern.
Alle drei schienen die Nacht gut verbracht zu haben. Sie schnaubten munter zur Begrüßung und sahen uns aus wachen Augen entgegen.
Wir waren natürlich nicht die Einzigen, die bereits auf den Beinen waren.
Um uns herum wimmelte es von Mädchen und Jungen in Jeans oder Turnierkleidung. Das geschäftige Treiben nahm zu, sodass schließlich auch Anna-Lisa wach wurde und im Stall auftauchte.
»Nein!«, rief sie verzweifelt, nachdem sie ihre Stute einer kurzen Musterung unterzogen hatte. »Schaut euch nur ihre Mähne an!«
Tatsächlich hatte Duvan es geschafft, so ziemlich jedes einzelne, mühsam geflochtene Zöpfchen aufzubekommen.
Ein Mädchen, dessen Pferd neben Duvan stand, nickte verständnisvoll.
»Mir geht es nicht besser; ich muss auch neu einflechten. Ich weiß nicht, wie Duke es anstellt, aber es gelingt ihm jedesmal, seine ganze Mähne zu ruinieren.«
Das Pferd Duke blickte uns mit angelegten Ohren recht mürrisch entgegen.
Seine Mähne bot wirklich einen traurigen Anblick: Halb aufgelöste Zöpfe hingen und standen in wilden Zotteln herum.
Ganz erleichtert stellte ich fest, dass sich bei Chérie nur ein einziger Zopf über Nacht gelöst hatte, ansonsten sah sie wirklich perfekt aus.
Schweigend machten wir uns an die Arbeit.
Draußen trafen pausenlos neue Pferdetransporter und neue Reiter ein.
Die frühe Morgensonne lag hell und leuchtend über dem Gut, die bunten Hindernisse auf dem grünen Rasen blitzten einladend, fröhliche Stimme schwirrten umher. Man unterhielt sich, lernte sich schnell besser kennen.

Ich fühlte mich rundum wohl, obgleich mein Magen knurrte und ich eine leise Nervosität nicht unterdrücken konnte.
Während ich mit langen Strichen über Chéries glattes, glänzendes Fell fuhr, lauschte ich nebenbei der Unterhaltung der anderen.
»... mein erstes Turnier ...«
»... Silverbird hasst Wassergräben, und hier ...«
»Seht euch dieses Pferd an! Es sieht doch wirklich wie ein Dreckschwein aus.«
»Hilfe! Ich habe meine Kandare vergessen.«
»Bestimmt kann ich mir die Bahn nicht merken.«
»... erst in einem Springen platziert ...«
Mir schwirrte der Kopf. Ich bemühte mich, ruhig zu bleiben und nur an Chérie zu denken.
Nachdem wir unsere Pferde geputzt hatten, frühstückten wir. Lasse und ich sagten uns noch einmal das Programm der Dressurprüfung vor, und Anna-Lisa war so nett, unsere Startnummern zu holen. Sie hatte noch bis Mittag Zeit.
Als wir Eko und Chérie sattelten, war es Viertel nach sieben. Um acht sollte die Prüfung beginnen. Ungefähr dreißig Pferde waren gemeldet. Ich musste als Dritte aufs Viereck. Lasse war als Zehnter an der Reihe. Während wir zum Abreiteplatz ritten, auf blank geputzten Pferden und in Turnierkleidung, musterte ich ihn und Eko heimlich. Sie sahen Respekt einflößend aus. Lasse machte ein Gesicht, als habe er etliche Siege hinter sich, und Eko, der sonst so heftig und temperamentvoll war, wirkte gelassen und interessiert wie ein alter Turnierhase.
»Wie ruhig er ist!« Ich staunte.
Lasse grinste mich an. »Warte nur, das ändert sich schon bald«, prophezeite er.
Anna-Lisa tauchte an der Umzäunung des Dressurvierecks auf. »Ich halte euch die Daumen!«, rief sie mit zuversichtlicher Miene.
Verstohlen beobachtete ich meine Konkurrenten, die sich be-

reits eingefunden hatten. Die meisten Pferde sahen recht viel versprechend aus.
Mein Mut sank.
Chérie ging weich und willig, aber sie war eben kein Dressurpferd; ihre kleinen Patzer und Unstimmigkeiten zeugten deutlich davon.
»Mensch, mach nicht so ein Gesicht!« Anna-Lisa lachte mich an. Oder aus? Ich schielte zu ihr hin.
Die Zeiger der Uhr rückten weiter. Ich übte Seitwärtsgänge und einfache Galoppwechsel.
»Setz dich mehr hin bei der Parade!«, rief Lasse mir im Vorbeireiten zu. Ich folgte ihm mit neidvollen Blicken. Eko benahm sich einfach mustergültig. Er ging traumhaft. Kein Vergleich zu seinen Eskapaden zu Hause.
Ich verstand es nicht.
Ein Mädchen schob sich an meine Seite.
»Hej«, sagte sie munter, »du schaust auch nicht sehr hoffnungsvoll aus.«
Wieso »auch nicht«?
»Na, du eigentlich schon«, erwiderte ich deshalb.
Sie lachte. »Ach was! Ich kenne doch meinen Dicken. Im Viereckt tut er keinen Schritt. Wir waren noch nie platziert. Aber was soll's! Hauptsache, es macht Spaß.«
Ich lächelte schwach.
Aber, verdammt noch mal, das Mädchen hatte doch Recht! Es sollte vor allem Spaß machen. Hauptsache, man konnte dabei sein, mitreiten, egal, ob am Ende einer Prüfung Sieg oder Niederlage standen.
Was hieß überhaupt Niederlage? Nicht jeder konnte platziert werden. Wichtig war nur, zusammen mit dem Pferd sein Bestes zu geben. Wichtig war aber auch, überhaupt reiten zu dürfen.
Leicht beschämt streichelte ich Chéries seidenweiches Fell und flüsterte ihr zu: »Du bist ja meine Beste. Auch, wenn wir Letzte werden.«

Urplötzlich fielen Nervosität und Anspannung von mir ab. Als die Richter sich den Weg zu ihrem Tisch bahnten, konnte ich es kaum mehr abwarten, endlich einreiten zu dürfen. Der erste Reiter wurde aufs Viereck gerufen.
Ich ritt einige Galoppvolten und begann mich schlicht und einfach zu freuen. Sommer, Sonne, Pferde – dazu ein Turnier. Was konnte schöner sein?
Chérie bewegte sich plötzlich williger und elastischer. Als ich einreiten musste, wusste ich, dass wir keinen Blumentopf gewinnen würden. Aber ich war dennoch glücklich und fühlte mich rundum wohl.
Da stand Anna-Lisa und hielt mir ganz fest die Daumen.
»Viel Glück!«, zischte sie.
Ich nickte und galoppierte an.

Schöne Erfolge

Gerade, als ich meine Aufgabe beginnen wollte, hörte ich Anna-Lisas Stimme: »Da ist Stefans Auto!«
Ich wandte den Kopf, sah zur Seite – und Chérie rächte sich für diese dumme Unaufmerksamkeit, indem sie sich vor dem Anreiten quer stellte und dann ziemlich schwankend auf der Mittellinie auf die kurze Seite zutrabte.
Ich biss mir auf die Lippe und ärgerte mich über mich selbst. Dann nahm ich mich zusammen.
Es hatte ja auch keinen Sinn, während der Prüfung nur an einen begangenen Fehler zu denken. Das würde meine Leistung bestimmt nicht steigern.
Es dauerte nicht lange, und ich hatte Chérie wieder ordentlich an den Hilfen. Natürlich boten wir nicht gerade eine Glanzleistung. Beim Halten trat Chérie zurück, und beim Rückwärtsrichten befreite sie sich kurz vom Zügel.
Der Mitteltrab war nicht übel, aber leider begleitet von zwei, drei Taktfehlern. Das Galoppprogramm allerdings verlief

besser als erwartet. Als ich mich dann vor den Richtern zur Schlussaufstellung aufbaute und grüßte, saß zwar meine Kappe etwas schief, und mein Gesicht muss knallrot gewesen sein, aber ich hatte die Prüfung überstanden, ohne mich dabei allzu sehr blamiert zu haben.

Chérie segelte lässig über die wenigen Stangen, dann waren wir auf dem Abreiteplatz angelangt. Anna-Lisa stürzte auf mich zu, und sogar Lasse parierte durch.

»War es sehr schlecht?«, fragte ich teils hoffnungsvoll, teils ängstlich.

»Ach wo«, beruhigte Anna-Lisa mich.

Lasse hingegen musterte mich mit kritischem Blick. »Gewinnen wirst du nicht gerade«, urteilte er, »wahrscheinlich auch nicht platziert werden. Ich frage mich, warum du dich nicht endlich mal hinsetzt und mit dem Kreuz dranbleibst – und deine Schlabberzügel laden Chérie ja geradezu ein, sich freizumachen.«

Ich schnappte nach Luft und suchte nach einer Erwiderung, fand aber keine passende.

Jetzt lachte Lasse. »Alles halb so schlimm«, meinte er und trabte davon.

»Puh!«, machte Anna-Lisa und stieß die Luft aus. »Ich warte nur darauf, dass Eko wieder anfängt herumzuspinnen. Dann dürfte Lasse ziemlich schnell wieder normal werden. Komm«, fuhr sie dann im selben Atemzug fort, »wir wollen Chérie schnell in den Stall bringen und dann Stefan und Margit suchen.«

Wir fanden die beiden am anderen Ende des Platzes. Sie waren dabei, ihre Pferde zu striegeln und zu satteln. Margit wollte am Eröffnungsspringen teilnehmen, Stefan seinen lebhaften Silver Moon ein wenig abreiten und mit dem fremden Platz vertraut machen.

»Hej«, begrüßte uns Margit, »wie fühlt ihr euch?«

»Angestrengt«, behauptete ich. »Ich habe meinen ersten Start schon hinter mir.«

»Na und?«, fragte Stefan gespannt.
Ich winkte ab. »Vergiss es! Wir haben bestimmt keinen Blumentopf gewonnen, aber ich bin zufrieden.«
»Gute Einstellung«, lobte Margit und zog den Sattelgurt fest. Ihre kleine Stute stand still da und blickte sich mit aufmerksam gespitzten Ohren um.
»Quatsch«, bemerkte Stefan, »wenn ich reite, will ich auch etwas gewinnen.«
»Hört, hört!«, rief Anna-Lisa und lachte. Sie schien Stefan besser zu kennen. »Kommst du mit zum Viereck? Vielleicht sehen wir Lasse noch.«
Ich wandte mich zum Gehen. »O ja! Bis später!«
Wir spurteten davon. Als wir außer Atem am Viereck anlangten, sahen wir nur noch, wie Eko den letzten Gehorsamssprung nahm.
Schnaubend und bockend steuerte er auf den Abreiteplatz zu. Lasse wirkte so kühl und gelassen wie zuvor.
»Na, das scheint ja nicht beeindruckend gewesen zu sein.« Anna-Lisa warf mir, in Erinnerung an Ekos Bocksprünge, einen bedeutungsschweren Blick zu.
Lasse glitt gerade aus dem Sattel und klopfte Ekos Hals, als wir ihn erreichten.
»Na?«, fragte Anna-Lisa zuckersüß.
»Gut«, entgegnete Lasse nur.
»Ob man das glauben darf?«
»Man darf«, antwortete Lasse ganz ruhig und brachte sein Pferd zum Stall.
Wir warteten, bis Lasses Wertnote heraus war. Und dann verschlug es Anna-Lisa glatt den Atem. Lasse hatte die bisher mit Abstand höchste Note. »Und ich dachte…« Anna-Lisa schlug sich an die Stirn. »Er hat uns also nicht auf den Arm genommen.«
Als wir Lasse seine Wertnote mitteilten, nickte er nur. »Dachte ich mir«, sagte er schlicht.
Anna-Lisa sah aus, als wolle sie ihm an die Kehle springen.

»Dachte ich mir!«, fauchte sie Lasse an. »Überheblicher geht's wohl nicht!«
»Hör mal«, unterbrach Lasse sie ruhig, »ich kann meine Leistung doch wohl selbst beurteilen. Eko ging ausgezeichnet, er hat genau diese Note verdient. Was erwartest du also von mir? Dass ich Erstaunen heuchle?« Damit wandte er sich ab und schob sich in Ekos Stand, um seinem Pferd Wasser zu geben.
»Der Junge kann einen wahnsinnig machen«, murmelte Anna-Lisa augenverdrehend.
»Aber Recht hat er – irgendwie«, fand ich.
Lasse, der ein sehr feines Gehör hatte, grinste nur amüsiert vor sich hin.
»Wann beginnt unser Springen?«, wandte ich mich an Anna-Lisa, um sie abzulenken.
»Erst um halb zwölf«, erwiderte sie.
»Margit startet doch im Eröffnungsspringen. Wollen wir zuschauen und ihr die Daumen halten?«
Anna-Lisa war einverstanden. Gemeinsam schlenderten wir zum Springplatz. Leider würden wir das Springen nicht bis zum Ende verfolgen können. Nachher mussten wir dann selbst wieder satteln und für das nachfolgende Springen, die leichteste Klasse auf diesem Turnier, abreiten.
Anna-Lisa, Lasse, Stefan und Margit würden dann noch an der nächsthöheren Klasse, Stefan und Margit auch noch am letzten und auf diesem Turnier schwersten Springen teilnehmen. Es versprach ein ausgesprochen spannender Turniertag zu werden.
Wir kamen gerade zurecht, um Margits Ritt verfolgen zu können. Margit musste gleich als Erste an den Start und machte ein unzufriedenes Gesicht.
Es ist wirklich unangenehm, als Erste reiten zu müssen, wenn sich die Tücken des Parcours noch gar nicht herauskristallisiert haben.
Trixie allerdings schien von dieser Tatsache wenig beeindruckt zu sein. In ihrem üblichen rasanten Tempo stürmte sie

auf alle Hindernisse zu. Margit gelang es kaum, sie zu zügeln. Bei der Triplebarre schlug Trixie heftig mit der Hinterhand an, aber die Stange wackelte nur ein wenig und blieb liegen. Die beiden passierten auch die letzte Hürde fehlerfrei. Wir atmeten auf und klatschten begeistert Beifall.

»Das ist ja ein toller Beginn.« Anna-Lisa freute sich. »Lasse schneidet bei der Dressur gut ab, und Margit absolviert gleich das erste Springen ohne Fehler.«

Ich nickte und klatschte und wünschte mir gleichzeitig, doch auch eine Schleife, nur eine klitzekleine, mit nach Hause zu nehmen. Meine erste Schleife ... Ich seufzte leise und schwankte zwischen Hoffnung und der Einsicht, dass mein Wunsch kaum Wirklichkeit werden würde. Es gelang mir nicht mehr, mich wirklich zu konzentrieren. In Gedanken war ich bereits beim Springen. Wenn ich es schaffte, fehlerfrei zu bleiben, wenn wir eine gute Zeit erreichten ...

So verging eine ganze Stunde – und noch einmal eine halbe. Und dann zupfte Anna-Lisa mich an der Jacke!

»Kommst du mit? Ich muss mich umziehen und Duvan allmählich fertig machen.«

Ich nickte und war froh, vom Parcours wegzukommen – von den Hindernissen, die, nur wenig niedriger, auch auf mich und Chérie warteten.

Als wir beim Stall ankamen, war Lasse gerade dabei, Eko zu satteln.

»Reitest du schon wieder ab?«, wunderte Anna-Lisa sich. »Du startest doch als einer der Letzten.«

»Ich muss zur Platzierung der Dressurprüfung«, erwiderte Lasse locker.

»Und?«, fragte Anna-Lisa.

Ebenso lässig und beiläufig wie zuvor antwortete ihr Bruder: »Gewonnen.«

Damit ließ er uns stehen. Anna-Lisa sank auf einen Strohballen. »Und das sagt er wie nebenbei.« Sie wirkte so fassungslos, dass ich lachen musste.

»Du weißt doch, dass er gut reitete«, meinte ich.
»Schon«, gab sie zu, »und es ist auch nicht die erste Dressur, die er gewinnt. Aber ausgerechnet mit Eko – auf Ekos erstem Turnier ... Vielleicht sollte er aus Eko doch ein Dressurpferd machen. Eko kann zwar unheimlich springen, aber er lädt sich dabei so auf, dass es schon eine Kunst ist, ihn über den Parcours zu bringen.«
»Wollen wir nicht bei der Platzierung zuschauen?«, unterbrach ich ihren Wortschwall. Anna-Lisa stimmte sofort zu.
Überall wimmelte es von Pferden, Reitern und Zuschauern. Die ersten auf Kandare gezäumten Tiere wurden zum Abreiteplatz geführt oder bereits warm geritten.
Wir mussten uns richtiggehend durch die Menge kämpfen, um ans Viereck und in die vorderste Reihe zu gelangen. Eben wurden Lasse und Eko aufgerufen. Eko schritt gelassen nach vorn und hielt ganz still, als ihm die blaugoldene Schleife, seine erste, angesteckt wurde.
Anna-Lisa seufzte begeistert und klatschte am längsten von uns allen.
»Du hättest Eko sehen sollen, als Lasse ihn bekam«, wandte sie sich an mich, während die kleine Abteilung der platzierten Pferde, Eko an der Spitze, die Ehrenrunde galoppierte. »Er kannte nur eines: auf und davon. Er war so temperamentvoll und ungebärdig, dass sogar Lasse manchmal fürchtete, nie mit ihm fertig zu werden. Und jetzt dieser hervorragende Sieg.«
Ich nickte nachdenklich und verfolgte Eko und Lasse mit meinen Blicken. Das musste doch toll sein – aus einem schwierigen Pferd einen Turniersieger zu machen. Mit einem Pferd arbeiten, trainieren, immer vertrauter werden, gemeinsam etwas erreichen – mit einem eigenen Pferd ... Ob dieser Traum wohl jemals auch für mich in Erfüllung gehen würde?
Anna-Lisa war es, die mich aus meinen Gedanken riss. Wir gingen zum Stall, gratulierten Lasse und mussten bald darauf zur Springprüfung satteln. Lasse, Anna-Lisa und ich

sollten unter den letzten Reitern starten, wir konnten also gemeinsam fertig machen und abreiten.
Chérie und Eko waren bereits aufgewärmt und locker, Anna-Lisa würde für Duvan etwas mehr Zeit benötigen. Am problemlosesten war Chérie. Sie sprang sehr geschickt und außerdem liebend gern, war zwar etwas heftig und übereifrig, versuchte aber nie, einem wirklich die Hand zu nehmen. Ich ritt hauptsächlich Schritt, um sie warm und locker zu halten, und beobachtete dabei einen riesigen Schimmel, der aussah, als könnte er Häuser überspringen. Sein Reiter allerdings, ein junger Mann mit rotem Vollbart, wirkte alles andere als sympathisch. Für meinen Geschmack benutzte er zu oft Sporen und Peitsche.
Dann war da eine winzige Fuchsstute, beinahe ein Pony, die vor dem Probesprung immer abbremste, um schließlich aus dem Stand zu springen. Das Mädchen, das sie ritt, flog jedes Mal hoch aus dem Sattel und schaffte es nicht, in der Bewegung mitzugehen. Anna-Lisa hatte mit Duvan alle Hände voll zu tun. Die temperamentvolle Stute warf sich heftig gegen die Hindernisse und schlug mit dem Kopf, so hoch es das Martingal erlaubte. Sie machte enorme Sätze. Anna-Lisa hatte Mühe, im Sattel zu bleiben.
Plötzlich stellte Lasse sich den beiden in den Weg und sprang von seinem Schimmel.
»So wird das nie etwas«, hörte ich ihn sagen. »Du hast sie ja überhaupt nicht in der Hand.«
Er kürzte das Martingal um einige Löcher und zog dann Duvans Kinnriemen fester. »Jetzt kann sie das Maul nicht mehr so weit aufsperren, und du hast eher die Chance, mit deinen Zügelhilfen durchzukommen.«
Anna-Lisa bekam einen roten Kopf und murmelte etwas; anscheinend war ihr Lasses Eingreifen peinlich. Seltsam! Schließlich wollte er ihr nur helfen.
Als ich Stefan am Abreiteplatz entdeckte, trabte ich auf ihn zu. Mich interessierte brennend, wie es Margit ergangen war.

»Sie wurde im Stechen Fünfte«, berichtete Stefan.
»Nur fünfte? Trixie ist doch schnell wie ein Pfeil.« Ich wunderte mich.
»Heute war sie zu schnell. Sie schlitterte durch die Mauer und bekam vier Fehlerpunkte.« Stefan kniff die Augen zusammen und starrte auf einen grobknochigen Braunen, der gerade über den Steilsprung segelte.
Ich folgte neugierig seinem Blick.
»Kennst du das Pferd?«, fragte ich gespannt.
»Ich glaube ja. Wenn ich mich recht erinnere, hat Björn es vor zwei, drei Jahren einmal geritten. Es war recht viel versprechend. Echt schade, dass es einen so schwachen Reiter bekommen hat.«
Der Braune sah aus, als könne er jedes Hindernis springen. Er taxierte selbst, kam immer gut an den Sprung heran und flog mit reichlich Luft unter seinem Bauch über die Stangen. Sein junger Reiter klemmte auf seinem Rücken und klammerte sich an die Zügel.
»Konkurrenz, hm?«, fragte ich.
»Kann sein – trotz des Reiters. Es sind überhaupt einige recht gute Pferde am Start.«
»Halt uns die Daumen«, bat ich Stefan und wendete dann, um noch ein, zwei Probesprünge zu machen.
In wenigen Minuten würde nämlich ich an der Reihe sein, als Erste von uns dreien.
Sechsundzwanzig Reiter waren vor mir gestartet, vier davon fehlerfrei geblieben.
Es handelte sich um ein Zeitspringen ohne Stechen, man musste also nicht nur ohne Fehler bleiben, sondern gleich von Anfang an eine gute Zeit vorlegen, wenn man eine Chance haben wollte.
Ruhig trabte ich zum Start und zog das Kinnband meiner Kappe fester. Chérie war ruhig, aber ausgesprochen fleißig, gerade in der richtigen Laune, um zu springen. Ich fühlte mich wohl und sicher auf ihr; alle Anspannung war von mir

abgefallen. Ich wollte springen, egal, wie es ausgehen würde, springen und jede Sekunde unseres Rittes genießen. Chérie war ein so prächtiges, williges Pferd, das gern mitmachte und zu dem man volles Vertrauen haben konnte.
Ich klopfte ihren Hals, und sie kaute heftig auf dem Gebiss und spielte mit den Ohren.
Gerade als ich einreiten musste, klapperte und krachte es laut. Ich wandte erschrocken den Kopf und sah Eko in einem Gewirr von Stangen.
Mit einem seiner verrückten Sätze musste er mitten im Hindernis gelandet sein.
Hoffentlich hatte er sich nicht verletzt.
Doch jetzt blieb keine Zeit, darüber nachzudenken. Wir trabten an, näherten uns flott den Richtern und parierten durch. Ich grüßte, Chérie hob den Kopf und blickte sich um. Weit blähte sie die Nüstern, und ich fühlte, wie ein leichtes Zittern über ihren Körper lief. Einladend leuchteten die bunten Hindernisse, rundherum flatterten Fähnchen, aus dem nahen Zelt wehte Würstchen- und Kuchenduft. Eine unübersehbare Zuschauermenge hatte sich jetzt hier eingefunden und drängte sich um die Absperrung des Parcours. Aller Augen waren jetzt auf uns gerichtet, auf mich und Chérie. Die Richter nickten freundlich.
Irgendwo bellte ein Hund. Auf dem Dressurviereck drehte ein Rappe seine Runde.
Ich atmete tief durch. Dann ertönte das Startzeichen. Und jetzt gab es nichts mehr auf der Welt außer dem Pferd unter mir und den Hindernissen vor mir. Alles andere versank.
Ich fühlte Chéries raumgreifende Galoppsprünge und den leichten Wind, der über mein Gesicht strich. Wir legten an Tempo zu, als wir die Startlinie passierten, nahmen Kurs auf die erste Hürde. Schon lag sie hinter uns. Noch schneller wurde Chérie, dumpf trommelten ihre Hufe auf dem Rasen. Schon ragte die Hecke, gekrönt von einer blendend weißen Stange, vor uns auf. Chérie streckte sich. Sie sprang, flog,

landete. Wende nach links, weiter auf den Oxer aus Birkenstämmen zu. Vorhin, als ich den Parcours mit Lasse und Anna-Lisa abgegangen war, waren mir der Kurs kniffelig und einige Hindernisse hoch und nicht eben einfach zu nehmen erschienen. Jetzt kam mir alles vor wie ein wunderbares Spiel. Wieso hatte ich jemals Bedenken gehabt? Chérie schien alles mühelos zu machen. Es war kein Kunststück, mit diesem Pferd zu springen.

Der Oxer und die Triplebarre lagen hinter uns. Hatte ich jemals befürchtet, den Parcours zu vergessen? Wie von allein fanden wir uns vor dem Wassergraben wieder, mächtig drückte Chérie ab, segelte in einem prächtigen Sprung über die glitzernde Wasserfläche, landete sicher und galoppierte ohne Zögern, ohne Straucheln weiter. Kehre nach links, durch die Diagonale, auf die Mauer zu. War sie mir vorhin hoch erschienen? Als Chérie spielerisch darüber hinwegsetzte, kam sie mir klein und unbedeutend vor. Kaum spürte ich den Sprung, schon ragte der nächste Oxer vor uns auf. Kehre nach rechts, auf die Fässer zu.

Vorsicht! Hier war der Rasen von vielen Pferdehufen bereits aufgerissen. Wenn Chérie nur nicht ... Nein, sie kam nicht ins Rutschen. Weit vor den Fässern drückte sie ab, mir stockte für den Bruchteil einer Sekunde der Atem. Ich fühlte, wie ich zurückgerissen wurde, ließ geistesgegenwärtig die Zügel durch die Finger gleiten.

Bei der Landung zuckten Chéries Ohren zurück; zum ersten Mal wirkte sie irritiert. Ich hatte bei dem enormen Satz einen Bügel verloren, hatte aber keine Zeit, mich jetzt darum zu kümmern.

Hastig nahm ich die Zügel wieder auf, schnalzte leise, trieb die Stute weiter, auf die letzte Hürde zu. Chéries Ohren richteten sich wieder nach vorn, beruhigt zog sie den letzten Sprung an, streckte sich weit und donnerte ins Ziel wie ein goldener Pfeil.

Aufatmend schob ich mir die Kappe zurück und parierte dann

langsam durch. Allmählich begann ich, die Welt um mich herum wieder wahrzunehmen: die Sonne, die Zuschauer, die Reiter und die Pferde.
Erstaunt hörte ich begeisterten Applaus.
»Das war ja ein Superritt!«, schrie Anna-Lisa mir entgegen, als wir entspannt, in ruhigem Trab die Bahn verließen. Chéries Augen leuchteten.
Sie atmete etwas heftiger, das war alles.
»Danke«, erwiderte ich verwirrt und überwältigt. Ich konnte nicht fassen, dass der laute Beifall wirklich uns beiden gelten sollte.
»Gratuliere, gut gemacht«, lobte Lasse im Vorbeireiten und lächelte kurz herüber.
Auch von Stefan erntete ich ein Lob. Und die Zeit ... »Null Fehler in zweiundvierzig Komma vier Sekunden!«
»Die beste Zeit bisher!«, jubelte Anna-Lisa. Sie schien sich aufrichtig für mich zu freuen. »Kaj, du liegst in Führung.«
»Das gibt's ja nicht«, murmelte ich und umarmte Chérie heftig und überglücklich. Ich glaube, ich strahlte wie ein Honigkuchenpferd.
Stefan bahnte sich den Weg zu uns. Anerkennend klopfte er Chérie. »Gute Leistung«, fand er. »Ihr könntet gewinnen. Es stehen noch acht Reiter aus.«
Ich musste lachen. »Ach was, gewinnen!«, wehrte ich ab. »Du bist ja verrückt. Lasse und Anna-Lisa starten noch – und der große Braune. Da haben wir keine Chance.«
»Sag das nicht«, widersprach Stefan energisch.
Aber ich lachte ihn nur aus.
Gewinnen – nein, das glaubte ich nicht! Diese Vorstellung war zu phantastisch.
Ich lockerte Chéries Sattelgurt und ließ sie im Schritt herumgehen, denn ich wollte noch Lasses und Anna-Lisas Ritt sehen.
Anna-Lisa begann recht viel versprechend, aber dann schaffte sie es nicht mehr, Duvan unter Kontrolle zu halten.

Die Stute wurde zu schnell und zu flach und riss in rascher Folge die letzten drei Hindernisse. Sie schlug heftig mit dem Kopf, als Anna-Lisa sie hinter der Ziellinie durchparierte, und tänzelte dann im Seitwärtsgang aus der Bahn.
»Ungenügend abgeritten«, kommentierte Stefan.
»Ja, was du weißt!«, fuhr Anna-Lisa ihn an. »Eine Stunde habe ich abgeritten. Duvan ist eben so – manchmal spinnt sie einfach.«
»Du musst intensiver mit ihr arbeiten«, beharrte Stefan, und Margit, die gerade auftauchte, unterstützte ihn in seiner Meinung. Anna-Lisa reagierte zornig, sie wurde noch eine Spur röter und verschwand dann eilig mit Duvan in Richtung Stall.
»Das habt ihr davon.« Ich wandte mich Stefan und Margit zu und konnte nicht verhindern, dass meine Stimme vorwurfsvoll klang.
Aber die beiden lachten nur.
Verrückt, ging es mir durch den Sinn. Wir kannten uns erst so kurz, und doch schien es, als wären wir alte Freunde.
Ich gehörte richtig dazu. Prima war das! Aber bald, in zwei Wochen, weniger als zwei Wochen ...
Hastig unterbrach ich meine traurigen Gedanken und konzentrierte mich auf Lasses Ritt. Eko war nicht wieder zu erkennen. Er, der zu Hause so heftig und unberechenbar wirkte, hatte sich auf dem Turnier vollkommen verwandelt. Sein Satz mitten in die Stangen auf dem Abreiteplatz hatte ihn außerdem vorsichtiger werden lassen.
Natürlich war er heftig, aber Lasse verlor keine Sekunde die Kontrolle über ihn. Immer schaffte er es, sein Pferd richtig an den Absprung zu bringen.
Trotzdem fehlte Eko natürlich die Erfahrung. Vor dem Wassergraben scheute er und platschte dann, weil er sich verschätzt hatte, mit einem Fuß ins Wasser. Mit wütenden Bocksprüngen galoppierte er weiter. Die Mauer streifte er nur leicht, aber dennoch fiel ein Ziegel.
So beendete er mit elf Fehlerpunkten sein erstes Springen.

Lasse lobte ihn sehr, als er den Parcours verließ, und schien zufrieden zu sein.
»Mehr konnte ich nicht erwarten«, erklärte er.
»Toll, wie brav er ist«, meinte Margit anerkennend und streichelte Ekos verschwitzten Hals. »Zu Hause wirkt er nicht so umgänglich.« Wir waren angenehm überrascht.
Aber die größte Überraschung stand mir noch bevor. Vor lauter Lobeshymnen auf Eko hatten wir gar nicht bemerkt, wie das Springen zu Ende gegangen war. Alle Reiter, die ohne Fehler geblieben waren, sollten platziert werden, außerdem der einzige Reiter mit drei Fehlerpunkten.
Lasse sah auf. »Habt ihr mitbekommen, ob noch jemand schneller war als Kaj?«
Aber niemand hatte so richtig darauf geachtet.
Ich wurde, zusammen mit sechs anderen Reitern, in die Bahn gerufen. Jetzt begannen meine Nerven doch zu flattern. Ich wurde mit einem Mal ganz kribbelig. Wir waren platziert, hatten eine Schleife gewonnen. Wie sehr hatte ich mir das gewünscht! Meine Kehle war trocken, meine Hände wurden feucht. Es gelang mir kaum, die Zügel zu halten. Chérie aber, dieses prächtige Pferd, war die Ruhe selbst. Wie oft hatte sie solche Turniere, solche Siegerehrungen erlebt! Sie stand ganz still. Mit erhobenem Kopf blickte sie den Richtern entgegen. Um mich her schwirrten Stimmen. Ein Mädchen auf einer zierlichen Rappstute ritt an meine Seite.
»Gehört diese Stute nicht Nyströms?«, fragte sie. »Seit wann reitest du sie?«
»Seit drei Wochen«, erwiderte ich und lachte. »Ich bin nur diesen Sommer zu Besuch bei Nyströms. Leider.«
Wir verstummten. Die Platzierung sollte beginnen.
Am Rande des Vierecks tauchte Anna-Lisa auf – und neben ihr standen ihre Eltern und Nils. Alle vier blickten gespannt zu mir hin, Tante Gunhild winkte mir sogar zu.
Ich lächelte flüchtig und bemühte mich dann, ein würdevolles Gesicht zu machen.

Jetzt wurde es spannend.
»Es siegte in dieser Prüfung ...«
Ich glaubte, meinen Ohren nicht zu trauen: Der Richter nannte meinen Namen und den von Chérie.
Wie im Traum ritt ich als Erste nach vorn, ließ mir von der Jury gratulieren, sah, wie Chérie die blaugoldene Rosette angeheftet wurde.
Sie ließ es gelassen über sich ergehen.
Aber ich war so verwirrt und überwältigt, dass ich befürchtete, vor lauter Begeisterung und froher Überraschung doch noch ohnmächtig zu werden.
Immer wieder streichelte ich Chéries Hals, klopfte und lobte mein tüchtiges Pferd.
Wir hatten gewonnen!
Als wir dann unter dem Applaus der Zuschauer die Ehrenrunde galoppierten, schielte ich kurz zu Nyströms hin. Ich sah nur fröhliche Gesichter.
Da stand auch Lasse mit seinem Eko, lachte und zwinkerte mir freundschaftlich zu.
Ich war rundherum selig.
Erst später, im Stall, kam ich wieder richtig zu mir. Jetzt, da alles vorbei war, begann ich zu begreifen.
Nyströms wollten, dass ich sämtliche Preise, auch den Geldpreis, der eigentlich ihnen als den Besitzern zustand, behalten sollte.
»Und die Schleife nimmst du natürlich mit«, bestimmte Tante Gunhild. »Chérie hätte ohnehin nichts davon, sie tritt sie dir gern ab.«
Wir alle lachten. Die Stimmung war fröhlich und Chérie konnte sich vor Liebkosungen kaum retten.
»Jetzt fehlt nur noch eine Schleife für Duvan und mich«, sinnierte Anna-Lisa.
»Na, dann streng dich mal an«, neckte Lasse sie.
Anna-Lisa streckte ihm die Zunge heraus. »Werde ich auch, wirst schon sehen«, versprach sie. Ich vergewisserte mich,

dass Chérie genügend Heu und Wasser hatte. Dann verließ ich mit den anderen den Stall und mischte mich unter die Zuschauer. Die Anforderungen im nächsten Springen lagen bereits um einiges höher. Verständlich, dass Eko keine Lorbeeren ernten konnte. Er beendete den Umlauf mit zwei Abwürfen und einigen Bocksprüngen. Über den Wassergraben war er nur so gesegelt, aus lauter Angst, wieder nasse Füße zu bekommen. Lasse war mit der Leistung seines Pferdes zufrieden.
Margit auf Trixie schaffte es, auch in diesem Springen fehlerfrei zu bleiben. Dann musste Anna-Lisa an den Start. Ich hielt ihr so fest die Daumen, dass es weh tat. Ich wünschte ihr Erfolg und eine Schleife.
Aber es war offensichtlich nicht ihr Tag. Duvan sprang geschmeidig wie eine Katze, ließ sich auch viel besser führen als zuvor – doch ausgerechnet vor dem letzten Sprung glitt sie aus und schlitterte mitten in den Oxer. Das Hindernis wurde neu aufgebaut, und nun, im zweiten Anlauf, segelten Pferd und Reiterin lässig hinüber.
»So ein Ärger!« Anna-Lisa seufzte, als sie den Parcours wieder verlassen hatte.
Auch Stefan schaffte es, ins Stechen zu kommen, gemeinsam mit Margit und drei anderen Reitern. Nach einigen spannenden Minuten, in denen wir alle den Atem angehalten hatten, stand das Ergebnis fest: Sieger war ein älterer Herr auf einer bildschönen Schimmelstute geworden. Margit belegte den zweiten, Stefan den dritten Platz.
»Na, wenn das kein Grund zur Freude ist«, trumpfte Lasse ausgelassen auf.
Und Nils bekam runde Augen, als er langsam und feierlich sagte: »So will ich auch mal reiten können.«
Anna-Lisa, die überraschend doch noch auf dem siebten Rang gelandet war, knuffte ihn in die Seite.
»Da musst du dich aber ranhalten«, scherzte sie.
Nils nickte. »Will ich. Ihr müsst mir nur Unterricht geben.«

Lasse lachte. »Wenn du möchtest«, meinte er hintergründig. »Aber das wird kein Zuckerschlecken ...«
Gegen fünf begann die letzte und schwierigste Prüfung des Tages, an der Stefan und Margit teilnehmen würden. Eko war natürlich noch zu jung dazu, und auch Anna-Lisa und Duvan fehlte die nötige Erfahrung.
Margit hatte diesmal gleich am ersten Sprung Pech: Trixie streifte die Stange nur flüchtig, aber sie fiel. Das brachte sie so aus dem Konzept, dass sie auch den zweiten Sprung riss. Stefan und Silver Moon aber hielten sich prächtig und qualifizierten sich fürs Stechen.
»So hohe Hindernisse«, sagte ich beinahe ehrfürchtig, als einige Hürden fürs Stechen erhöht wurden. »Das würde ich niemals wagen ...«
Lasse und Stefan schritten die verkürzte Bahn ab.
Lasse schien Stefan noch einige Tipps zu geben.
Und dann, in einem atemberaubenden Stechen, schaffte Stefan es tatsächlich, auf den zweiten Platz zu kommen. Das war mehr, als wir erwartet hatten. Gemeinsam feierten wir unsere Erfolge, und dann wurde es wirklich Zeit, die Pferde zu verladen und nach Hause zu fahren.
Morgen würden sie sich erholen können, nachdem sie sich heute so tapfer geschlagen hatten.
Onkel Ivar war mit seinem eigenen Wagen und einem geliehenen Anhänger da, in den wir Chérie verluden.
Tante Gunhild hatte Lasses Wagen mit eigenem Transporter zum Turnier gefahren.
Also brachte Lasse Eko und Duvan nach Hause. Im Auto flatterten drei Schleifen, errungene Preise lagen auf dem Rücksitzt zwischen Reitjacken, Kappen, Gerten und Sporen. Wir waren rundherum glücklich und stolz.
Ich wusste genau, dass ich den heutigen Tag und meinen ersten Turniersieg nie vergessen würde und auch nicht das Pferd, dem ich alles verdankte: Chérie.
»Ein himmlischer Tag war das«, flüsterte ich und kuschelte

mich mit geschlossenen Augen in die Polster. »Ich glaube, so etwas erlebt man wirklich nur einmal im Leben.«
Anna-Lisa lachte und Lasse meinte: »Du musst eben im nächsten Sommer wiederkommen.«
Ich lächelte, müde und überglücklich.
»Schön wär's«, sagte ich leise.
Wir verließen langsam schaukelnd das Turniergelände. Über dem Eingang, im leichten Abendwind, flatterte blau und golden die schwedische Flagge.

Ein Tag in Stockholm

Am nächsten Morgen stellte Anna-Lisa erst beschämt fest, dass sie ihren Schlafsack und ihre Regenjacke in Grangard vergessen hatte.
»Auch das noch«, meinte Lasse seufzend, als sie damit herausplatzte.
Wir waren gerade dabei, den Stall auszumisten. »Wieso hast du nicht früher an die Jacke gedacht?«
Anna-Lisa warf mit Schwung eine Gabel voll Mist auf die Karre. »Du hast wohl noch nie was vergessen?«, fragte sie spitz. Uns blieb also nichts anderes übrig, als uns nach der Stallarbeit ins Auto zu setzen und zum Turnierplatz zu fahren. Nils begleitete uns. Sein Mundwerk stand keine Sekunde still. Er war fest entschlossen, einmal ein großer Springreiter zu werden.
»Na«, meinte Lasse scherzhaft, »dann müssen dich die großen Reiter der Welt im Auge behalten.«
»Und Kalle«, ergänzte Nils ernsthaft.
Wir unterdrückten nur mit Mühe ein Lachen.
Der Tag war hell und freundlich, und wir waren guter Stimmung. Als wir Grangard erreichten und auf den Weg Richtung Stall einbogen, wimmelte es auf den weitläufigen Anlagen von Menschen. Jede Menge Kinder und Jugendliche,

wohl Mitglieder des hiesigen Reitvereins, waren dabei, das Gelände aufzuräumen und überall sauber zu machen.
Wir parkten vor dem Stall und fanden tatsächlich Anna-Lisas Schlafsack und Regenjacke in einer Ecke zwischen ein paar Strohballen. Nils entdeckte einige Katzen und stürzte sich mit einem Freudenschrei auf sie, um mit ihnen zu spielen. Die Katzen flohen entsetzt, und Nils krabbelte ihnen über Heu- und Strohballen, so schnell er konnte, nach.
»He, Nils, lass das!«, rief Lasse ihm zu. »Du bist hier nicht zu Hause!«
Widerwillig kehrte Nils zu uns zurück.
Als wir den Stall verließen, trafen wir eine Gruppe von Mädchen und Jungen, die dabei waren, alle verstreut herumliegenden Papiere aufzulesen.
»Hej«, grüßte ein sommersprossiger Blondschopf, »seid uns willkommen! Wir freuen uns über jede Hilfe!«
»Eigentlich ...«, setzte Anna-Lisa an, verstummte dann aber.
Wir tauschten rasche Blicke und waren uns schnell einig. Reiten wollten wir heute nicht, wir hatten also jede Menge Zeit.
»Was sollen wir tun?«, fragte Lasse und machte ein tatendurstiges Gesicht.
»Och«, meinte ein Mädchen mit roten Zöpfen, »die Stallungen, wo die Gastpferde standen, sind doch auch noch sauber zu machen ...«
Das war natürlich die größte Arbeit. Aber wir drückten uns nicht, sondern gingen gleich ans Werk. Einige Jungen halfen uns, und während wir eifrig die Mistgabeln schwangen, entspann sich ein munteres Gespräch.
»Hast du gestern nicht das leichte C-Springen gewonnen?«, fragte mich einer der Jungen, und ich nickte, glücklich und voller Stolz.
»Die Stute kenne ich«, mischte sich ein zweiter ein. »Sie gehört doch euch?« Er blickte Lasse und Anna-Lisa an.
»Unserer Mutter«, bestätigte Lasse.
»Ja, ja, eben ...«

Man kannte sich flüchtig, vom Sehen oder sogar dem Namen nach, hatte sich auf diesem oder jenem Turnier getroffen. Wie es oft unter Pferdefreunden ist, wurde auch ich rasch in den Kreis aufgenommen. Die Zeit verging wie im Flug, und Nils bekam doch noch Gelegenheit, mit den Katzen zu spielen.
Nachmittags lud der alte Oberst uns alle zu einer Tasse Tee ein und dankte für unsere Hilfe. Der Hof und die Anlagen sahen wieder tipp-topp aus. So saßen wir bei Tee und Gebäck zusammen und redeten, bis es dunkel wurde.
Erst dann fuhren wir nach Hause.

»Lasse, hör mal«, wandte Onkel Ivar sich am nächsten Morgen beim Frühstück an seinen Sohn, »deine Mutter und ich haben uns gestern überlegt, dass du uns zum Flughafen fahren könntest.«
Lasse setzte seine Tasse ab und warf seinem Vater einen erstaunten Blick zu. »Von mir aus gern«, erwiderte er, »aber ich verstehe nicht ...«
Onkel Ivar brummte und faltete unwillig die Zeitung zusammen; das viele Reden behagte ihm nicht, schon gar nicht beim Frühstück.
»Wir dachten«, sagte er und fasste sich so kurz wie möglich, »dass du die Gelegenheit nutzen und Kaj mitnehmen könntest, um ihr Stockholm zu zeigen.«
Mein Gesicht leuchtete auf.
Das Wetter versprach auch heute schön zu werden, und ich hatte natürlich nichts gegen einen Bummel durch Stockholm einzuwenden.
Lasse stimmte zu. »Wann müssen wir los?«
»In einer Stunde.«
»Abgemacht.«
»Kann ich mitkommen?«, bettelte Nils.
»Das wird dann aber eng«, gab Lasse zu bedenken.
»Nur auf dem Hinweg, zurück nicht«, widersprach Nils und schaute uns treuherzig an.

Diesem Blick konnte man nicht widerstehen.
Anna-Lisa erklärte sich bereit, zu Hause zu bleiben und mit Birger, der bestimmt bald auftauchen würde, die Pferde zu versorgen und die Boxen auszumisten.
Kurz bevor wir aufbrechen wollten, läutete das Telefon. Es war Anna. Da Pablo das ganze Wochenende über gestanden hatte, bat sie Lasse dringend, endlich wieder zu kommen und mit ihm zu arbeiten.
Wir hörten, wie Lasse sich entschuldigte. »Tut mir Leid, heute kann ich nicht. Ich komme morgen, ganz bestimmt. Heute schicke ich dir Anna-Lisa vorbei.«
Anna-Lisa verschluckte sich an ihrem Stück Kuchen und musste husten. Dazu lief sie knallrot an und machte abwehrende Handbewegungen.
»Du musst ihr allerdings helfen«, fuhr Lasse fort, »allein schafft sie Pablo nicht.« Eine Weile blieb es still, dann sagte er: »Gut, sie kommt. Verbleiben wir so. Ja, ich reite dein Untier diese Woche noch an. Bestimmt. Mach's gut. Hej!« Und er legte auf.
Sofort fuhr Anna-Lisa auf ihn los. »Wie konntest du nur!«, fauchte sie. »Ich und Pablo, du bist wohl nicht gescheit!«
Lasse lächelte nur. »Was willst du denn?«, fragte er seelenruhig. »Ein guter Reiter wächst an seinem Pferd. Vielleicht lernst du etwas bei der ganzen Sache.«
Anna-Lisa machte ein Gesicht, als wolle sie ihm etwas an den Kopf werfen.
»Lasse, bist du endlich fertig?« Tante Gunhild blickte ins Zimmer. »Wir warten schon.« Lasse warf seiner Schwester einen letzten schmelzenden Blick zu, lachte dann und ging hinaus. Nils und ich folgten ihm.
Wir hatten den Flughafen bald erreicht und fuhren, nachdem wir Tante Gunhild und Onkel Ivar abgesetzt hatten, gleich weiter nach Stockholm.
Ich war ein wenig nachdenklich und traurig geworden: Bald musste ich nach Hause fliegen. Wie wenig begeistert war ich

anfangs von der Aussicht gewesen, nach Schweden zu reisen. Wie hatte ich mich innerlich gewehrt, welche Angst hatte ich gehabt, ich könnte mich bei Nyströms nicht wohl fühlen! Und jetzt wäre ich so gern noch geblieben ... Ich sehnte mich kaum nach zu Hause, nur ein bisschen nach Mama und Papa und der Reitschule. Hätte ich die Möglichkeit gehabt, in Schweden zu bleiben – ich wäre so schnell nicht wieder abgereist. Aber auch der schönste Sommer geht einmal vorbei, der Alltag wartet, man muss in seinen alten Trott zurückfinden. Und dann, im nächsten Sommer – was würde dann sein? Ich sollte wiederkommen, hatte Lasse unbeschwert gesagt.
Aber waren diese Worte ernst gemeint gewesen? War es ihm und seiner Familie nicht gleichgültig, ob ich wiederkommen würde oder nicht?
Ich war nicht ihr erster Gast und mit Sicherheit auch nicht der Letzte.
Vielleicht wurden alle höflich eingeladen wiederzukommen und dann doch schnell vergessen. Für mich würde dieser Sommer in Schweden unvergesslich bleiben.
»Du bist so schweigsam«, stellte Lasse fest und wandte den Kopf. Gerade hatten wir den Stadtrand erreicht.
»Ach wo«, brummte ich.
»Doch«, beharrte er, »was ist los?«
»Nichts«, behauptete ich und starrte hinaus. Die Tränen saßen so locker, ich musste mich zusammenreißen.
»Lasse, ist Kaj etwa traurig?«, meldete sich Nils nun vom Rücksitz aus.
»Nein«, sagten wir beide, Lasse und ich, wie aus einem Mund. Dann mussten wir lachen, und es ging mir wieder etwas besser. Der Gedanke an meine baldige Abreise ließ mich zwar nicht los, aber Nils schien beruhigt, und auch Lasse fragte nicht mehr.

Wir verbrachten einen abwechslungsreichen Tag, aßen zuerst eine Kleinigkeit zu Mittag und bummelten dann durch die halbe Stadt. So kam es mir jedenfalls vor. Meine Füße begannen bald zu schmerzen, und meine Beine wurden müde. Wir betrachteten den Königspalast und schlenderten durch die Altstadt. Von dort ging es weiter.

»Wir befinden uns zur Zeit auf der Insel Ungshilm«, begann Lasse wie ein Fremdenführer, »sie ist etwa drei Kilometer lang – und diese drei Kilometer werden wir nun tapfer entlangwandern.«

»Bist du verrückt«, protestierte ich, »das halten meine Füße nicht aus.«

»Werden sie schon«, tröstete Lasse und zog mich weiter.

Wir schauten uns die Riddarholmskirche an, und als ich bereits glaubte, keinen Schritt mehr weiterzukönnen, wechselte Lasse sogar noch einmal die Richtung und führte uns direkt zur Kunstgatan.

»Bitte sehr«, sagte er und lachte mich an, »die größte Einkaufsstraße Stockholms liegt sozusagen zu deinen Füßen.«

»Sozusagen«, brummte ich, erholte mich aber beim amüsanten Schaufensterbummel recht schnell. Nils hingegen wurde immer stiller und immer müder. Ihm konnten wir heute nicht mehr viel zumuten.

»Macht nichts«, meinte Lasse, »immerhin hast du das Königsschloss gesehen und hattest von Slussen aus eine prima Sicht über die Stadt.«

»Mit Restaurant«, ergänzte ich.

Wir beschlossen, zum Wagen zurückzugehen und nach Hause zu fahren. Vorher aber musste Lasse unbedingt in ein Reitsportgeschäft, um ein neues Martingal für Eko zu kaufen. Als wir dann erschöpft, aber zufrieden im Auto saßen und uns durch den dichten Stockholmer Verkehr quälten, schob Lasse etwas auf meinen Schoß.

Ich staunte. »Für mich?«

»Hmm. Mach's auf.«

»Aber – wieso denn?«, protestierte ich, während ich behutsam das Papier entfernte.

Schon bald hielt ich einen weißen Porzellanteller in der Hand, auf den mit feinen Strichen der edle Kopf eines Fuchses mit schmaler Blesse gemalt war.
»Das Pferd sieht ja aus wie Chérie«, rief ich.
»Eben«, bestätigte Lasse, »deshalb habe ich den Teller gekauft. Damit du dich später auch in Deutschland noch an Chérie erinnerst.«
Wenn er doch sagen würde, dass ich nächstes Jahr wiederkommen darf, schoss es mir durch den Sinn. Aber Lasse schaute mich nur erwartungsvoll an.
»Danke«, murmelte ich, »vielen Dank. Trotzdem verstehe ich nicht...«
»Du hast ja bald Geburtstag«, sagte Lasse hastig, »falls du unbedingt einen bestimmten Anlass brauchst.« Er zuckte mit den Schultern und machte ein vergnügtes Gesicht.
Den Rest der Fahrt brachten wir fast schweigend hinter uns. Nils war mittlerweile eingeschlafen. Und ich hing meinen Gedanken nach.
Als wir zu Hause ankamen, stand vor dem Haus ein kleiner himmelblauer Wagen.
Lasse fuhr sich langsam durchs Haar. »Auch das noch, Anita ist da.«
Aha! Ich horchte auf. Nun würde ich also auch die Älteste der Nyström-Geschwister kennen lernen. Dann kam mir ein anderer Gedanke. Ob etwa auch Patricia...?
Tatsächlich! Da saß meine Schwester in Nyströms Wohnzimmer und blickte mir seelenruhig entgegen.
»Hallo, Kaj!«, sagte sie nur. Aber ihre Augen blickten triumphierend, als wollten sie fragen: Na, was habe ich gesagt? Ist doch prima hier, oder nicht?
Meine Blicke glitten weiter zu Anita.
Sie war groß und blond, mit sanften Gesichtszügen, aber einem ziemlich energischen Kinn.
»Du bist also Kaj.« Sie betrachtete mich kritisch und reichte mir die Hand. Dann zog sie die Brauen hoch. »Na, gefällt es

dir hier bei uns?« Ich konnte mir nicht helfen, irgendwie hatte ich das Gefühl, als mache sie sich insgeheim lustig über mich.
»Ja, und ob!«, antwortete ich herausfordernd.
»Dachte ich mir.« Anita lächelte zwar sanft, aber ihre Augen blitzten. Irgendwie passte sie sehr gut zu Patricia. »Hier, unter Pferdeverrückten...«
»Du bist doch auch mal geritten, oder?«, fragte ich.
»Doch, ja, früher.«
Mit einem Ruck wandte ich mich Anna-Lisa zu. Aus unerfindlichen Gründen hatte ich das Gefühl, Anita und Patricia auf einmal nicht gewachsen zu sein.
»Wie ging es dir mit Pablo?«
»Danke, ganz gut, ich lebe jedenfalls noch.«
Wir begannen ein Gespräch über Pferde. Lasse gesellte sich, nachdem er Nils ins Bett verfrachtet hatte, ebenfalls zu uns, und ich begann mich wieder wohler zu fühlen.

Ein harter Brocken

Vielleicht war es ungerecht oder albern von mir, aber irgendwie war ich erleichtert, als Anita und Patricia wieder nach Stockholm fuhren. Auch Anna-Lisa machte den Eindruck, als freue sie sich darüber.
»Anita ist so erwachsen«, meuterte Nils und drückte damit aus, was Anna-Lisa und ich insgeheim empfanden. Na, und gegen Patricias Überlegenheit kam man ohnehin nicht an.
Lasse sagte nichts, als die beiden abfuhren, schien aber recht zufrieden zu sein.
Tatendurstig hatte er sich wieder in die Arbeit mit Pablo gestürzt. Jeden Tag ritt er auch zu Anna hinüber, um das Pferd zu longieren.
Eines Abends – Anna-Lisa und ich arbeiteten gerade mit Duvan und Chérie, während Birger mit Nils ausgeritten war – kehrte Lasse in besonders guter Stimmung zurück. »He, was

ist los?« Anna-Lisas scharfem Blick entging so schnell nichts. »Du siehst besonders zufrieden aus.«
»Ich habe Pablo geritten«, verkündete Lasse und sprang vom Pferd.
»Was?«, riefen wir gleichzeitig. »Und wie ging es?«
Lasse lachte leise. »Einigermaßen. Er versuchte zunächst zu bocken, konnte aber kaum das Gleichgewicht halten. So musste er schließlich aufgeben. Anna war zum Glück auch dabei und hat ihn beruhigt.«
»Toll«, sagten wir.
»Halb so wild«, wehrte Lasse bescheiden ab.
»Tu mal nicht so!« Anna-Lisa schnitt eine Grimasse. »Ich würde mich nicht auf dieses Ungeheuer setzen.«
Damit sprach sie genau das aus, was ich dachte. Wie jemand es riskieren konnte, sich freiwillig auf Pablo zu setzen, war mir ein Rätsel. Ich würde nicht um die Welt mit diesem Pferd arbeiten oder es gar reiten und ausbilden. Dazu wären mir meine Knochen zu schade.
Aber Lasse schreckte vor keinem Pferd zurück, und er wusste, was er sich zutrauen konnte. Gemeinsam brachten wir die Pferde in den Stall und versorgten sie.
»Wollen wir heute noch in den Reitstall fahren?« Lasse klimperte unschlüssig mit den Autoschlüsseln. »Wir müssten nur warten, bis Nils und Birger zurückkommen.«
»Ich glaube, da sind sie schon.« Anna-Lisa spitzte die Ohren. »Ich höre Hufklappern.«
Sie hatte sich nicht getäuscht. Tatsächlich kamen soeben Kalle und Finfin mit ihren Reitern in gemütlichem Zuckelschritt die Einfahrt herauf.
Birger hatte keine Lust mitzufahren. Aber er erbot sich, bei Nils zu bleiben und auf ihn aufzupassen. Wir konnten also weg. Umziehen war überflüssig, wir reinigten nur kurz unsere Stiefel und kletterten dann in Lasses Volvo.
Wir waren schon einige Zeit nicht mehr im Reitstall gewesen, und ich wollte so gern noch einmal hin, bevor ich …

An dieser Stelle unterbrach ich meine Gedanken. Nicht schon wieder!, sagte ich mir und schaffte es dann auch, an etwas anderes zu denken.
Herr Carlsson empfing uns schon in der Tür. »Prima, Lasse«, sagte er nur, »du hast Reitsachen an.«
Lasse machte ein erstauntes Gesicht. »Ja, wieso?«
Herr Carlsson legte ihm eine Hand auf die Schulter. »Ich habe da ein neues Pferd, eine Schimmelstute, wunderbare Gänge, großes Springvermögen, aber leider nicht ganz richtig im Kopf. Hättest du Lust, sie zu reiten? Ich fürchte, Björn hat nicht die richtige Hand für sie, Carlotta wagt sich nicht an sie heran, na, und Margit will sich auch nicht so recht trauen. Was meinst du dazu?«
Lasse lachte. Ihn schien das Angebot nicht zu wundern.
»Also ein richtig heißer Ofen«, scherzte er.
»Und ein richtig harter Brocken«, ergänzte Herr Carlsson. »Die Stute hatte schon etliche Besitzer, alle haben sich die Zähne an ihr ausgebissen. Wenn sie den richtigen Reiter bekäme, könnte sie zur Spitzenklasse zählen, bei ihrem bemerkenswerten Springtalent.«
»Ich werd's versuchen«, sagte Lasse nur. »Soll ich sie gleich ausprobieren, Onkel Carlsson?«
»Das wäre mir lieb. Ich zeige dir ihr Sattelzeug.«
Die beiden verschwanden.
Anna-Lisa versetzte mir einen Rippenstoß.
»Jetzt wird's spannend«, prophezeite sie.
Sie sollte Recht behalten. Die Stute wehrte sich mit allen Kräften gegen das Gerittenwerden. Ich konnte mir nicht vorstellen, dass ein Pferd von Natur aus so schwierig und widersetzlich sein konnte.
»Bestimmt ist sie verdorben worden«, flüsterte ich Anna-Lisa zu, als die Stute das Husten eines Zuschauers zum Anlass für eine Reihe von wilden Bocksprüngen nahm. Zornig krümmte sie den Rücken und klemmte den Kopf zwischen die Beine, um ihren Reiter loszuwerden. Plötzlich beruhigte sie sich

dann, trabte gelassen dahin, um in der nächsten Ecke auszubrechen und sich von Kopf bis Fuß zu verspannen.
»Du hast wahrscheinlich Recht«, stimmte Anna-Lisa mir zu. »Obwohl, Pablo ...«
»Pablo ist anders«, wandte ich ein. »Genauso schwierig, aber anders.«
Erst gegen Ende der Stunde schien es, als würde die Schimmelstute sich etwas entspannen. Ihre Halsmuskeln entkrampften sich, ihre Sprünge wurden seltener und sahen harmloser, nicht mehr so verrückt und gefährlich aus. Lasses Hand wurde sofort leichter; er hatte während der ganzen Stunde beruhigend auf das Pferd eingeredet und so ruhig gesessen wie möglich. Jetzt streichelte er den verschwitzten Hals der Schimmelstute und begann erstmals, wirklich aktiv mit seinem Sitz auf sie einzuwirken. Die Stute spannte sich kurz und schnellte zur Seite, beruhigte sich aber schnell wieder und schnaubte, spielte mit den Ohren.
»Jetzt wird es besser.« Ich atmete aus. Mir war es, als hätte ich die ganze Zeit die Luft angehalten. Als mich Anna-Lisas Blick traf, mussten wir beide lachen. Sie schien ebenso unter Hochspannung gestanden zu haben wie ich.
Lasse beendete die Stunde in aller Ruhe und kümmerte sich danach ausgiebig und liebevoll um die Stute.
Wir beobachteten ihn dabei, und auch Herr Carlsson und Björn gesellten sich zu uns.
»Was hältst du von ihr?«, erkundigte sich Herr Carlsson.
Lasse pustete eine Haarsträhne zurück. Taufrisch sah er nicht mehr aus. »Anstrengend«, meinte er. »Wirklich ein harter Brocken.«
»Ich komme nicht klar mit ihr«, mischte Björn sich ein. »Bei dir hat es für ihre Verhältnisse recht gut geklappt.«
»Es wird sicherlich Monate dauern, sie zurechtzureiten«, stellte Lasse fest.
»Aber du willst es doch mit ihr versuchen?«, fragte Herr Carlsson gespannt.

Nach kurzem Zögern nickte Lasse. »Ja. Obwohl ich nicht weiß, ob ich es schaffe. Ich glaube allerdings, die Stute ist es wert, dass man sich Arbeit mit ihr macht.«
Wenig später setzten wir uns alle in der Klause zusammen. Zum letzten Mal, musste ich wieder denken, für mich ist es das letzte Mal...
Die anderen redeten eifrig über das bevorstehende Klubturnier, das ich nicht mehr miterleben würde. Lasse sollte jene Rappstute in der mittelschweren Dressur reiten, die mir während meiner Reitstunde auf Troll aufgefallen war, und eines von Herrn Carlssons Springpferden im mittelschweren Springen.
Wie sehr wünschte ich mir dabei zu sein, den anderen die Daumen halten zu können!
»Was ist denn los, Kaj?«, wandte sich Anna-Lisa an mich. Ihr war aufgefallen, wie schweigsam ich war.
»Ach, nichts«, behauptete ich mit entschuldigendem Lächeln. »Ich bin nur ein wenig müde.«
Lasse warf mir einen prüfenden Blick zu.
Dann verstrickte er die anderen in ein Gespräch, wechselte geschickt das Thema, als ahne er, dass es mich traurig machte, von Plänen und Turnieren zu hören, mit denen ich nichts zu tun hatte.
Ich war ihm dankbar dafür.

Irgendwann fuhren wir nach Hause.
Ich war noch immer schweigsam. Immer mehr wurde mir bewusst, wie bald meine Zeit in Schweden, bei Nyströms, vorbei sein würde, wie rasend schnell und unaufhaltsam sie sich nun ihrem Ende zuneigte.
Ja, die letzten Tage rasten dahin.
Onkel Ivar und Tante Gunhild kamen aus London zurück, und am nächsten Tag ritten wir zu Anna.
Zum letzten Mal, dachte ich wieder einmal. Lasse arbeitete mit Pablo. Er nahm jede Arbeit, die mit Pferden zu tun hatte,

ernst. Er arbeitete gewissenhaft und machte alles, so gut er es konnte.
Ein schwieriges Pferd, dachte ich, als Pablo sich ruckartig und steifbeinig mit seltsamen Bocksprüngen unter Lasse fortbewegte. Pablos Augen blitzten tückisch, die Ohren hatte er hart an den Kopf gelegt.
Anna-Lisa, Karin und ich beobachteten ihn schweigend. Nur Anna wirkte geradezu verzückt.
»Der gibt nicht so schnell auf«, behauptete sie, und in ihrer Stimme schwang eine gehörige Portion Stolz mit.
So konnte man es natürlich auch sehen …
Später lud Anna uns zu Tee und Kuchen ein, und danach halfen wir Karin, alles Geflügel zusammenzutreiben und in den Stall zu sperren.
Als wir abritten, wandte ich mich noch einmal in Chéries Sattel um und blickte zurück, lange, bis der Hof hinter einer Biegung verschwand.
Auf Wiedersehen, Atorp, ging es mir durch den Sinn, auf Wiedersehen Anna und Karin und die Zwillinge und Pablo und all ihr anderen …
Übermorgen musste ich abreisen.

Abschied

Auch der nächste und eigentlich letzte Tag verging leider wie im Flug.
Noch einmal ritt ich Chérie, spürte ihre weichen Bewegungen, genoss ihre vorwärts drängenden Gänge, den fleißigen, geschmeidigen Galopp.
Wir sprangen unseren Trainingsparcours ohne Fehler. Schnell, in wiegendem Dreitakt ging es dahin. Wieder musste ich an das Turnier auf Grangard denken, an unseren Sieg und daran, wie willig Chérie mich getragen hatte, wie eifrig, fleißig und mutig sie über den Parcours gegangen war. Ohne

Zögern, ohne Weigern, ohne Abwurf, so, als sei es eine Selbstverständlichkeit, ein Kinderspiel …

Der letzte Sprung!

Ich ließ die Zügel durch die Finger gleiten, strich mit beiden Händen über Chéries weiches Fell, streichelte traurig und dankbar noch einmal ihren Hals. Sie schnaubte, reckte genüsslich den Hals lang, während sie in Trab und dann in Schritt fiel. Mit aufmerksam gespitzten Ohren steuerte sie auf die anderen Pferde zu.

Gemeinsam ritten wir zum Stall.

Dort glitt ich schweren Herzens aus dem Sattel.

»Sei doch nicht so traurig!« Anna-Lisa wollte mich aufmuntern und versetzte mir augenzwinkernd einen freundschaftlichen Rippenstoß.

»Du hast leicht reden«, entgegnete ich und würgte verzweifelt an dem Kloß, der mir plötzlich im Hals steckte.

»Du kannst ja hierbleiben, du musst keinen Abschied nehmen, schon gar nicht von den Pferden.«

Anna-Lisas Augen funkelten. Sie machte ein Gesicht, als wolle sie etwas sagen, schwieg dann aber doch. Ich bemerkte, dass sie einen raschen Blick mit Lasse tauschte. Der machte eine betont gleichgültige Miene.

»Kommt, wir füttern die Pferde«, forderte er uns nur auf.

Das war alles.

Und ich schluckte die Tränen hinunter. Heulsuse, schimpfte ich mich, nimm dich zusammen.

Später, beim Packen, ließ ich den Tränen freien Lauf. Keiner sah es, keiner hörte es und es tat gut zu heulen. Auch wenn es albern und kindisch war.

Das letzte gemeinsame Abendbrot, das letzte gemütliche Beisammensein.

»Wann geht dein Flugzeug?«, fragte Tante Gunhild.

Nicht zu fassen,wie ruhig hier alle waren! Verbittert dachte ich, dass es ihnen wohl vollkommen gleichgültig war, ob ich fortfuhr oder blieb.

Vielleicht freuten Nyströms sich sogar, wieder unter sich zu sein. Ja, so war es wohl ...
Ich antwortete mechanisch und spröde.
»Lasse bringt dich zum Flughafen«, erklärte Onkel Ivar.
»Ich fahre mit«, meldete Anna-Lisa.
»Ich auch«, kam es prompt von Nils.
Ich lächelte blass.
Eine Stunde später lag ich im Bett und starrte durch das kleine Fenster über mir in den Nachthimmel. Viele kleine Sterne leuchteten und blinkten, glitzerten wie Abende zuvor und wie sie es auch morgen noch tun würden, wenn ich nicht mehr hier war.
Ich wusste nicht, ob dieser Gedanke etwas Tröstliches hatte oder mich eher noch trauriger stimmte.
Das Leben hier würde weitergehen.
Lasse würde Pablo ausbilden und mit der Schimmelstute arbeiten, und mit seinem Geschick und Können und seiner ruhigen, konsequenten Art würde er es bestimmt schaffen, die Stute zurechtzureiten.
Er würde Eko trainieren und ein ausgezeichnetes Turnierpferd aus ihm machen.
Anna-Lisa hatte ihre Duvan, und Nils würde sich reiterlich weiterentwickeln.
In einer Woche sollte das Klubturnier stattfinden. In meinen Träumen sah ich Herrn Carlssons Reitstall mit all den vielen Pferden, sah Björn und Carlotta, Margit und Stefan. Dann tauchte Anna auf – und da waren Karin und Birger, und Filur raste wie ein Wilder umher und spielte Fangen mit Finfin.
Auch Lillan und ihr Fohlen waren da – ja, sie hatte gefohlt, während wir beim Turnier waren, ein winziges, braunweißes Hengstfohlen mit langen Streichholzbeinen und einem wolligen Strubbelschwänzchen.
Little Prince hatte Karin den Kleinen genannt. Kleiner Prinz, und das passte sehr gut zu ihm.
Die Bilder drehten sich, begannen zu wirbeln, schneller und

wilder, immer wilder – und dann dieser ohrenbetäubende Lärm, aufdringlich und schrill ...
Ich schreckte hoch, blickte mich im morgenhellen Zimmer mit aufgerissenen Augen um.
Mein Wecker war es gewesen, der meinen wirren Träumen ein Ende bereitet hatte.
Mein Bett war zerwühlt, Ergebnis einer unruhigen Nacht, die ich verbracht hatte.
Langsam stand ich auf.
Anna-Lisa streckte den Kopf in mein Zimmer. »Guten Morgen!« Unverständlich, wie sie so fröhlich und munter sein konnte.
Sie sind bestimmt froh, mich los zu sein, dachte ich traurig. Ich versuchte, an zu Hause zu denken, an meine Eltern, an Susi, die Pferde im heimatlichen Stall. Ich freue mich auf sie, versuchte ich mir einzureden.

Als ich mich dann von Chérie verabschieden musste, heulte ich schlicht und einfach, versteckte mein Gesicht in ihrer langen, seidigen Mähne und fühlte ihre weichen Lippen suchend an meinem Hals.
»Da hast du«, flüsterte ich erstickt und schob ihr eine letzte Mohrrübe zu.
Abschiednehmen ist schlimm, wenn man Menschen oder Tiere lieb gewonnen hat.
Ich streichelte alle Pferde, klopfte sie, wandte mich dann um, dem Haus zu. Dort wurde ich von Tante Gunhild umarmt, reichte Onkel Ivar die Hand. Irrte ich mich, oder wirkten sie auch ein wenig bedrückt?
»Es war schön, dich hierzuhaben«, versicherte Tante Gunhild liebevoll.
»Reitest gar nicht so schlecht«, verabschiedete Onkel Ivar mich. Das war aus seinem Mund ein hohes Lob.
Vom Wagen aus winkte ich heftig, winkte mit beiden Händen, solange ich konnte.

Selbst als das Haus und seine Bewohner längst verschwunden waren, winkte ich noch.
Wieder saß ich vorn, neben Lasse. Anna-Lisa teilte sich mit Nils den Rücksitz.
Viel zu schnell kam der Flughafen in Sicht.
Die drei leisteten mir Gesellschaft, solange sie konnten.
»Schade, dass du abreist.« Anna-Lisa seufzte und ich glaubte ihr, dass sie es wirklich ehrlich meinte.
»Ja, schade«, echote auch Nils.
Wenn sie es doch sagen würden! dachte ich nur. Sagen, dass ich wiederkommen darf!
Dieser Gedanke war drängender als alles andere. – Dann könnte ich mich doch auf zu Hause freuen, wirklich freuen.
Dabei hatte ich ein schönes Zuhause, Freunde, mein Lieblingspferd, eine prima Clique, einen netten Reitlehrer.
Aber wenn ich wiederkommen dürfte, nächsten Sommer, mich darauf freuen könnte, dann würde es mir nicht so schwer fallen abzureisen.
»Tja, dann . . .«, meinte Lasse schließlich und reichte mir die Hand. »Es wird wohl Zeit.«
»Wir geben Chérie 'ne Mohrrübe von dir«, versprach Nils und reichte mir eine ziemlich schmutzige Pfote. Seine Worte ließen mich auflachen und trieben mir zugleich Tränen in die Augen.
»Mach's gut«, sagte nun Anna-Lisa und drückte meine Hand fest und herzlich.
»Mach's gut«, erwiderte ich, so fröhlich ich konnte, und dachte: Wenn die wüssten, wie ich mich fühle!
Lasses dunkle Augen lachten mich an. Und dann sagte er auf einmal, wie beiläufig: »Wehe, du versetzt uns nächsten Sommer. Wir rechnen fest mit dir.«
Mir verschlug es den Atem. Ich starrte ihn nur an, hörte dann Anna-Lisa lachen und sah, wie in Lasses Augen jener freundliche Spotteufel erschien.
»Du kommst doch?«, fragte er. »Oder hast du keine Lust?«

»Ob ich – Lust habe?«, stammelte ich. Ich muss wirklich komisch ausgesehen haben, teils wütend, teils verwirrt, teils glücklich. Das vor allem.
»Also, ihr ...« Wieder brach ich ab, schaffte es aber nicht, zu schimpfen.
Dazu war ich zu erleichtert. »Ich darf wiederkommen? Bestimmt?«, fragte ich noch einmal, um mich zu vergewissern. Ich musste doch ganz, ganz sicher sein.
»Natürlich. Daran bestand von unserer Seite nie ein Zweifel.« Anna-Lisa zwinkerte mir zu.
Ich blickte sie an, dann rief ich: »Ich könnte euch auf den Mond schießen! Oder um den Hals fallen!«
»Wir bitten um Letzteres«, erwiderte Anna-Lisa vergnügt. Das ließ ich mir nicht zweimal sagen.
Nun gelang es mir doch, beinahe leichten Herzens Abschied zu nehmen. Anna-Lisa, Lasse und Nils winkten mir lange nach, und ich winkte zurück.
Später, im Flugzeug, packte ich aus meinem Handgepäck die beiden Dinge aus, die mir am wichtigsten waren: die blaugoldene Schleife, die ich mit Chérie gewonnen hatte, und den Porzellanteller mit dem hübschen Pferdemotiv, den Lasse mir geschenkt hatte.
Sie umfassten für mich alles, was ich erlebt hatte, wovon ich zu Hause ausführlich berichten würde, worauf ich mich wieder freuen konnte – auf meinen nächsten Pferdesommer in Schweden.

Harriet Buchheit

Traumpferd Lucky Star

Eva hat sich in Lucky Star verliebt! Doch sie kennt den wunderschönen Goldfuchs leider nur von einem Foto. Als ihr Vater sie dann mit einem eigenen Pferd überrascht, ist es alles andere als Evas Traumpferd. Mehr denn je sehnt sie sich nach Lucky Star. Und dann geschieht etwas völlig Unerwartetes ...

160 Seiten. Gebunden. Ab 10 Jahren
ISBN 3-401-45232-0

ENSSLIN

www.arena-verlag.de

Christa Schütt

Pferdehof in Not

Hilfe für den Pferdehof! Ausgerechnet kurz vor der Heuernte hat Uwe, der Inhaber des Kastanienhofs, einen Unfall. Klar, dass Jule sofort als Helferin einspringt - schließlich steht ihre Stute Fjala auch auf dem Pferdehof. Ein aufregender Sommer beginnt, doch zum Glück sind Jule und die Pferdewirtin Marlis nicht alleine...

160 Seiten. Gebunden. Ab 10 Jahren
ISBN 3-401-45222-3

ENSSLIN

www.arena-verlag.de